Les mariés de Dubaï

LOUISE FULLER

Les mariés de Dubaï

Traduction française de
CHRISTINE MOTTI

AZUR

HARLEQUIN

Collection : Azur

Titre original :
THEIR DUBAI MARRIAGE MAKEOVER

HARPERCOLLINS FRANCE
83-85, boulevard Vincent-Auriol, 75646 PARIS CEDEX 13
Service Lectrices — Tél. : 01 45 82 47 47 - www.harlequin.fr
ISBN 978-2-2804-8928-7 — ISSN 0993-4448

Composé et édité par HarperCollins France.
Imprimé en mai 2023 par CPI Black Print (Barcelone)
en utilisant 100% d'électricité renouvelable.
Dépôt légal : juin 2023.

FSC
www.fsc.org
MIXTE
Papier issu de sources responsables
FSC® C159065

Pour limiter l'empreinte environnementale de ses livres, HarperCollins France s'engage à n'utiliser que du papier fabriqué à partir de bois provenant de forêts gérées durablement et de manière responsable.

1.

Se laissant aller contre l'étoffe rêche de la taie d'oreiller, Delphi serra les dents. Combien de temps encore devrait-elle rester assise là ?

Elle ne se rappelait plus depuis quand elle attendait. Les hôpitaux ressemblaient aux casinos, plus on y restait, plus on y perdait la notion du temps. Comble de malchance, la batterie de son téléphone s'était complètement déchargée un quart d'heure à peine après son arrivée. Et l'infirmière, qui s'appelait Carole, avait posé sur elle un regard sidéré lorsqu'elle lui avait demandé s'il était possible de mettre l'appareil en charge.

Essaie de te détendre.

Elle inspira lentement par le nez, puis retint sa respiration et compta jusqu'à sept avant d'expirer par la bouche. À ce stade, elle était censée émettre une sorte de sifflement, un peu comme un enfant qui souffle sur ses bougies d'anniversaire. Mais à cet instant précis elle n'avait aucune envie de penser à son anniversaire. Y songer la mènerait à Dan, à ses frères, au ranch…

Gagnée par une puissante vague de nostalgie, elle se redressa d'un geste brusque, sans prêter attention à la douleur au poignet que lui provoquait ce soudain changement de position. Carole avait laissé entrouverts les rideaux fleuris du box, et elle regarda par cet interstice.

On était le 4 juillet, jour de la fête nationale aux États-Unis. Elle aurait imaginé qu'à cette date spéciale, l'hôpital ressemblerait à une ville fantôme. Que tout le monde se retrouverait en famille ou entre amis pour manger des hamburgers calcinés et la salade de pommes de terre spéciale préparée par l'arrière-grand-mère. Mais tous ces gens rassemblés là lui faisaient penser à ce casino qui lui était venu à l'esprit un peu plus tôt. Quand elle avait fait part de sa pensée au Dr Kelly, celui-ci avait roulé des prunelles.

— Ça ne représente peut-être pour vous que des burgers et des pommes de terre, jeune fille, mais ces vingt-quatre heures sont les plus denses de l'année dans tous les services d'urgences du pays. Nous avons droit à des intoxications alimentaires, à des déshydratations, des insolations, des brûlures dues aux feux d'artifice, avait-il répliqué, l'air maussade, tout en lui examinant les yeux à l'aide d'un ophtalmoscope.

Il avait marqué une brève pause avant d'ajouter, la mine renfrognée :

— Mes préférés sont ceux qui arrivent à la suite d'un accident lié à l'alcool au volant !

— Je ne me sens pas concernée : je n'ai rien bu, s'était-elle empressée de préciser. En tout cas, aucune boisson alcoolisée.

Elle n'avait rien mangé non plus à ce barbecue. D'ailleurs, elle ne serait peut-être pas là si elle avait pris la peine de se nourrir. Il aurait suffi qu'elle quitte la fête un peu plus tard pour que son véhicule ne soit pas percuté et que son poignet demeure intact.

Les mâchoires crispées, elle leva les yeux au plafond. Si seulement elle avait mangé quelque chose, n'importe quoi. Si elle avait avalé ne serait-ce qu'une bouchée de salade de pommes de terre, ou même une petite tranche de pastèque. Mais elle n'en avait pas ressenti la moindre envie. À vrai dire elle avait peu d'appétit depuis des semaines.

Ses pensées se bousculaient dans son esprit, tout comme l'avait bousculée quelques heures plus tôt la camionnette. Et dans l'une de ces distorsions du temps qui se produisaient lorsqu'elle ne se montrait pas vigilante, elle se retrouva à Londres, revivant ces quelques secondes durant lesquelles elle s'était trouvée dans l'obligation d'accepter la vérité. D'admettre que les dénouements heureux ne lui étaient pas destinés.

Elle ne s'en était pas rendu compte sur-le-champ, mais c'était à ce moment-là que son mariage – ce mariage dans lequel elle s'était lancée avec un optimisme extraordinaire, sautant avec une joie infinie dans l'inconnu – avait soudain pris fin. Tout comme une lumière qui tout à coup s'éteint, une ampoule qui grille.

Les souvenirs affluèrent et elle sentit une boule se former dans sa gorge, l'empêchant de respirer normalement.

Un bruit infime avait été à l'origine de cette brusque prise de conscience. Un simple claquement de langue avait suffi à lui ouvrir les yeux. Comme si elle ne valait pas plus que cela, comme si c'était là tout ce qu'Omar avait à lui offrir. Rien de plus.

Les paupières serrées, elle inspira profondément. Elle ne devait pas plonger dans le passé. Il fallait à tout prix qu'elle chasse de son esprit ce mari apte à garder son sang-froid en toutes circonstances, et dont le cœur était lui aussi glacé.

Mais à l'instar de ce qu'elle avait vécu durant leur union, ce qu'elle voulait ne comptait pas. Omar restait obstinément ancré dans sa tête, jour et nuit, au point de s'infiltrer dans ses rêves, de la réveiller en sursaut.

Le cœur battant à tout rompre, elle regarda à travers la fente des rideaux. *Il* se tenait de l'autre côté du couloir, sa tête brune penchée au-dessus de la machine à café, ses larges épaules se dessinant sous sa chemise bleue. Elle sentit tous ses muscles se raidir tandis qu'*il* se tournait vers elle. Mais bien sûr, ça ne pouvait pas être Omar. Une fois de plus, la raison lui jouait des tours.

Omar se trouvait à cet instant même à des kilomètres de là, très certainement en train de conclure un marché.

Depuis le matin, il n'avait sans doute pas pensé une seule fois à elle, sa femme. Sa future ex-femme, plus exactement. Comme elle avalait sa salive, elle éprouva une sensation de douleur en plein cœur.

C'était injuste. Au fil des ans, elle s'était appliquée à avancer avec prudence dans la vie, sans s'attacher à rien ni à personne. Et par le passé, elle n'avait jamais eu de mal à faire en sorte qu'aucun obstacle ne l'empêche de poursuivre son chemin à pas tranquilles.

Mais quitter Omar s'était avéré bien plus dur, plus douloureux. Son regard se posa sur son annulaire désormais à nu. S'il lui en avait terriblement coûté de partir, elle y était parvenue, car rester auprès de cet homme aurait été malsain. Cela aurait ressemblé à un acte d'autodestruction volontaire.

Ce n'était cependant pas facile. Elle ne le savait que trop, par le biais de la relation amoureuse de ses parents, très médiatisée, et de leur mort tragique, plus médiatisée encore. De tels événements s'apparentaient à d'immenses trous noirs qui engloutissaient les plus proches, les aspiraient au plus profond du gouffre.

Tout comme son père, Dan, et ses frères… Elle savait à quel point ils seraient blessés lorsqu'ils apprendraient que son mariage avait pris fin. Esquissant une grimace qui reflétait de la colère, elle tenta de chasser ces sombres pensées.

C'était sa faute. Cette douleur était la sienne, il lui appartenait donc à elle et à elle seule de la gérer. Et mieux valait qu'elle y parvienne sans l'aide de quiconque, aussi puissante soit cette peine.

De toute évidence, c'était aussi ce que pensait Omar, qui se gardait bien de se manifester.

Dans les jours qui avaient suivi son départ, elle s'était laissée aller à imaginer – peut-être même à espérer – qu'il se lancerait à sa poursuite, qu'il essaierait de la faire changer d'avis. Mais Omar n'était en rien comparable à Dylan, cet homme-enfant qu'avait été son père biologique. Bien au contraire, Omar al-Majid représentait l'archétype du mâle fier et arrogant, tant par son attitude que par ses tenues d'une grande élégance.

Ils s'étaient mariés moins d'un an auparavant à Las Vegas. Pendant une période brève, mais intense, il avait été son homme. Elle lui avait porté un amour sans limites, au point que tout le reste de sa vie ait été en quelque sorte effacé pour ne laisser place qu'à son époux.

Mais certains signes avant-coureurs n'avaient guère tardé à apparaître. D'abord, leur lune de miel écourtée. Puis son ordinateur portable toujours ouvert, l'écran éclairé jour et nuit – vu qu'il travaillait à toute heure. Le travail passait indéniablement en premier dans sa vie.

Elle aurait peut-être dû aborder le sujet, mais cela l'aurait obligée à admettre son amour pour lui, et elle avait toujours eu du mal à exprimer ses sentiments. Un peu comme ouvrir la boîte de Pandore, cela la tentait et la terrifiait à la fois. De plus, Omar lui avait toujours présenté maintes excuses concernant le temps qu'il consacrait à ses affaires.

Au souvenir de ces scènes, Delphi sentit ses lèvres se tordre en une grimace sarcastique. Des excuses, il en avait tout un répertoire !

Après ce voyage à Londres, elle avait fini par accepter que rien – et certainement pas des excuses – ne changerait les faits. Son histoire avec Omar n'avait été somme toute qu'un conte de fées. Un conte d'un genre original et démodé, où la Petite Sirène ne gagnait pas le cœur de son prince, mais était au contraire rejetée et transformée en écume de mer. Elle avait donc décidé de partir, et il lui avait paru logique de ne pas tarder à officialiser la situation. Raison pour laquelle elle avait demandé le divorce une semaine auparavant, et…

Delphi redressa soudain la tête. Des voix féminines venaient de retentir dans le couloir, hurlant des injures.

S'ensuivirent un fracas d'objets métalliques, puis un bruit de pas précipités. L'instant suivant, les rideaux s'ouvraient en grand.

— Alors, comment vous sentez-vous ? lui demanda l'infirmière.

Les sourcils froncés, Carole regarda par-dessus son épaule tandis qu'augmentait le volume des cris.

— Désolée pour ce concert inattendu, ironisa-t-elle en grimaçant. Quelques feux d'artifice familiaux pour célébrer le 4 Juillet ! Mais parlons plutôt de vous. Est-ce que vous commencez à aller mieux ?

— J'ai toujours un peu mal, mais dans l'ensemble ça va.

Sitôt ces mots prononcés, elle remua le poignet de droite à gauche, puis l'inverse, comme si elle tenait ainsi à confirmer ses propos. Si cette partie de son corps était encore un peu endolorie, il s'agissait à présent d'une douleur sourde.

— Quelle heure est-il ? demanda-t-elle à l'infirmière.

— Presque 14 heures.

Carole lui sourit avant d'ajouter :

— Vous le savez sans doute, mais je vous le rappelle, la douleur risque de s'accentuer par moments dans les jours à venir.

Glissant sa main non blessée dans ses cheveux blonds coupés court, Delphi hocha la tête.

— Essayez quand même de ne pas trop changer vos habitudes, poursuivit l'infirmière. Cela permettra d'accélérer la reprise, et…

— Donc je peux partir maintenant ? l'interrompit Delphi.

Voyant le sourire de Carole se figer, elle tressaillit. Elle aurait tant aimé avoir l'aisance et le charme de ses frères, qui étaient capables de se tirer d'affaire en toutes circonstances ou presque. Mais elle n'était pas, elle, quelqu'un de sociable, raison pour laquelle elle avait choisi de travailler auprès des chevaux. Qui plus est, elle se trouvait à cet instant précis dans un service d'urgences, où il y avait forcément beaucoup de monde, et la présence de tous ces gens la rendait nerveuse.

Son regard s'attarda sur le visage de la jeune femme en blouse blanche. Il était peu probable qu'une infirmière d'un petit hôpital de campagne de l'Idaho établisse un lien entre elle et cette petite fille dont le visage était autrefois paru sur bon nombre de sites Internet. Changer de comportement n'était cependant pas chose facile. Pas plus facile que de juger les gens sur leur simple attitude. Elle avait appris à ses dépens qu'un sourire et des mots gentils pouvaient dissimuler bon nombre d'intentions mauvaises.

Le rythme de son pouls s'accéléra tandis que les souvenirs affluaient à nouveau. Comment oublier le premier sourire que lui avait adressé Omar ? Ce sourire avait soudain transformé son beau visage viril et l'avait, elle, plongée dans un trouble profond. Incapable de détacher le regard de ces lèvres pleines, sensuelles, elle avait été partagée entre le désir de se blottir dans ses bras et celui de s'enfuir au plus vite.

D'instinct, elle jeta un œil sur l'interstice des rideaux, là où elle avait vu apparaître un peu plus tôt le fantôme d'Omar, près de la machine à café. Pourquoi n'avait-elle pas pris la fuite, le jour de leur rencontre ? Cette solution était toujours la meilleure.

— Oui, vous pouvez partir, déclara alors Carole.

Delphi hocha la tête.

— Merci.

La jeune femme en blanc lui adressa le sourire d'une infirmière débordée, avant de répondre :

— Je vous en prie. Avez-vous d'autres questions ?

— Juste une.

Ce fut avec des gestes prudents que Delphi se redressa. Lorsque ses pieds touchèrent le sol, elle les glissa dans ses sandales à talons et se leva tout doucement. Au moment où le bas de sa robe longue lui frôlait les chevilles, elle se remémora la scène qui avait précédé son arrivée à l'hôpital.

Elle se revit debout au bord de la route, les yeux rivés sur l'arrière cabossé de sa voiture. La première pensée qui lui était venue à l'esprit avait été – comme toujours – d'éviter le drame sous toutes ses formes. En agissant ainsi, elle esquivait la meute de paparazzis qui se manifestait à la moindre occasion. Raison pour laquelle elle avait appelé sa colocataire, Ashley, sur le chemin de l'hôpital. Elle lui avait laissé un message lui disant de ne pas s'inquiéter et précisant qu'elle rentrerait par ses propres moyens.

Elle se serait pourtant bien passée d'attendre le bus pour Creech Falls. Si cet accident s'était produit neuf mois plus tôt, elle aurait tout simplement téléphoné au ranch où habitait sa famille. Mais grâce à Omar, ce n'était plus possible. Car si elle joignait son père ou ses frères, elle devrait leur expliquer pourquoi elle vivait désormais seule dans l'Idaho et plus à New York avec son mari. Or il lui en avait déjà beaucoup coûté d'accepter que cette union soit terminée, et en parler à sa famille ne ferait qu'accentuer l'angoisse et la douleur causées par cet échec.

Son cœur se serra tandis qu'elle pensait à celui qui l'avait adoptée et l'avait élevée comme si elle était *sa* fille. Dan Howard était un homme extraordinaire qu'elle considérait comme son étoile polaire. Quant à ses frères, Ed, Scott et Will, ils représentaient pour elle les points cardinaux qui lui avaient toujours apporté sécurité et stabilité. Leur annoncer cette rupture ne manquerait pas de les attrister. Son père adoptif surtout en serait affligé, car c'était lui qui avait présenté Omar à la famille. Lui aussi qui avait encouragé Delphi à faire confiance à son instinct. Qui l'avait incitée à libérer ses sentiments au lieu de les garder enfouis au fond d'elle-même.

Suivant du regard le motif complexe des rideaux, elle serra les mâchoires. Dan se sentirait accablé lorsqu'il découvrirait la vérité. Lorsqu'il apprendrait que celui qu'il avait si bien accueilli avait abandonné sa fille adoptive au moment où elle avait le plus besoin de lui.

Elle devrait toutefois sans trop tarder lui annoncer la nouvelle, mais pas avant que la douleur qui lui tenaillait le cœur se soit dissipée. Pas avant qu'elle soit à même de prononcer le nom de celui qui, pour l'heure, était encore son mari. Alors seulement, elle puiserait en elle la force de convaincre Dan que la façon de fonctionner d'Omar, son égoïsme sans bornes, ne l'avait pas anéantie.

Pis encore, elle devrait le persuader que son cher mari n'était responsable de rien !

Elle se tourna vers Carole.

— Savez-vous si un bus pour Creech Falls passe près de l'hôpital ?

— Oui. Mais vous n'en aurez pas besoin. *On* vous attend.

En entendant ces mots, Delphi fronça les sourcils. Ashley aurait-elle décidé d'ignorer son message ? La gorge nouée, elle fut submergée par une bouffée d'affection pour sa colocataire.

— Oh ! elle n'avait pas besoin de se déplacer…, murmura-t-elle.

— *Elle* ne s'est pas déplacée, répliqua l'infirmière, souriant tandis que le rideau fleuri qui isolait le box s'ouvrait en grand pour laisser place à une silhouette masculine.

Delphi sentit tous les muscles de son corps se figer. Elle eut même l'impression que son cœur cessait de battre. Quelques instants, pas plus, jusqu'à ce que le rythme des battements s'accélère pour passer à une allure folle. *Non*, songea-t-elle, atterrée. C'était impossible. Absolument impossible qu'*il* soit là.

Pourtant, l'homme qui se tenait en face d'elle n'était pas le fruit de son imagination. Il s'agissait bel et bien d'Omar al-Majid, vêtu d'un costume sur mesure qui mettait en valeur les lignes parfaites de son corps.

Incapable de prononcer le moindre son, elle le fixait, les yeux écarquillés. Elle avait l'impression que ses jambes se dérobaient sous elle, que tout se mettait à tournoyer autour du box des urgences. Cette sensation lui était familière. C'était celle qu'elle avait éprouvée la toute première fois qu'elle avait vu Omar, au club de polo Amersham.

L'Amersham était son club local. Elle y pratiquait l'équitation depuis qu'elle était en âge de monter à cheval, ainsi que le golf depuis presque aussi longtemps. Le dimanche était habituellement jour de match. Ce dimanche-là, les spectateurs étaient venus nombreux pour profiter du soleil et aussi assister à des tournois parfois houleux.

Delphi avait joué avec son père et son frère. Ils formaient ensemble une bonne équipe, et ce matin-là ils avaient remporté le match haut la main. Après le déjeuner, elle était en train de bavarder avec Scott lorsque son regard s'était posé sur l'écurie où les poneys hennissaient. C'est alors qu'elle avait vu Omar.

À ce moment-là, elle ne savait bien sûr pas qu'il s'appelait Omar. Elle ignorait tout de lui. Il n'était qu'un homme, un adversaire vêtu d'un maillot bleu foncé et d'un pantalon blanc. Elle se rappelait cependant ne pas avoir réussi à le quitter des yeux. Lorsqu'il était descendu de sa monture, leurs regards s'étaient croisés pendant un temps qui lui avait paru durer une éternité.

Et voilà qu'elle se retrouvait en face de lui, au moment où elle s'y attendait le moins ! Doutant que cette scène ait réellement lieu un jour, elle l'avait cependant maintes et maintes fois imaginée. Que dirait-elle ? Comment réagirait Omar ? Elle n'avait néanmoins pas pensé un seul instant que cela lui produise un effet pareil.

Pétrifiée, elle le dévisageait et sentait monter en elle une chaleur intense. À cet instant précis, tout semblait avoir disparu autour d'elle. Elle ne voyait plus le box des urgences, elle ne voyait plus Carole. Le brouhaha ambiant se faisait diffus. La brusque apparition d'Omar avait comme tout effacé, même la douleur au poignet qu'elle ressentait un peu plus tôt.

Subjuguée, elle ne parvenait pas à détourner le regard de celui qui l'avait tellement déçue. Celui qu'elle avait quitté quelques semaines plus tôt et qui pourtant, force lui était de l'admettre, lui manquait.

Mais c'était absurde de réagir de la sorte. Tout à fait ridicule d'éprouver autre chose que de la colère envers l'homme qui avait trahi sa confiance. Qui s'était engagé à rester auprès d'elle et l'avait en quelque sorte abandonnée dans le luxueux appartement occupant le dernier étage d'un bel immeuble, pareille à une princesse délaissée dans sa tour. Il avait certes prononcé les vœux de mariage, mais, attaché comme il l'était à ses affaires, s'était vite montré incapable de tenir ses promesses.

Les traits tendus, elle fixait toujours celui qui se tenait à moins d'un mètre d'elle. Pourquoi l'avoir choisi, *lui* ? Parmi tous les hommes qui peuplaient la planète, pourquoi avoir jeté son dévolu sur Omar al-Majid ? Cette question, que de fois elle se l'était posée au cours des six dernières semaines ! Et face à lui, la réponse lui paraissait évidente.

L'éclairage au néon des centres hospitaliers n'était pas des plus flatteurs, cette lumière blanche accentuant en général le moindre défaut, la moindre imperfection. Mais Omar semblait en être totalement dénué. Rien de disgracieux n'apparaissait sur ce beau visage aux traits fermes, pas plus que sur cette magnifique silhouette. Elle avait beau chercher, elle ne trouvait rien. À vrai dire, elle ne cherchait pas, elle était tout simplement captivée par cette présence masculine.

À en juger par l'expression de Carole, celle-ci paraissait elle aussi sous le charme.

— Omar..., commença-t-elle, la bouche crispée, ne sachant trop qu'ajouter.

— Delphi.

Il s'était exprimé d'une voix douce, mais pas plus ses yeux noirs que son attitude ne trahissaient la moindre amabilité.

— Je suis venu dès que j'ai appris ce qui s'était produit, enchaîna-t-il.

Les intonations de cette voix chaude eurent sur elle un impact tel qu'elle ne prêta pas attention à ce qu'il disait. Puis elle cligna des paupières, saisie par le sens des mots qu'il venait de prononcer. Qu'entendait-il par là ? Comment diable avait-il eu vent de cet accident ? Qui donc s'était chargé de l'en informer ?

Les rideaux s'écartèrent et un médecin en blouse blanche apparut. Il avait les yeux baissés sur le calepin qu'il tenait à la main.

Delphi se mordilla les lèvres. Que lui était-il passé par la tête ? Pourquoi être venue là ? Elle ne l'aurait certainement pas fait si le chauffeur de la fourgonnette – Pete ? Était-ce bien ainsi qu'il s'appelait ? – n'avait autant insisté, contrarié comme il l'était d'avoir percuté son véhicule. Comme disait souvent Dan, « on n'a rien sans rien ».

— Très gentil de ta part, fit-elle froidement, mais tu n'étais pas obligé de te donner tout ce mal.

— Je ne me suis donné aucun mal.

Elle vit sa bouche – cette bouche qui connaissait chaque parcelle de son corps, qui lui avait apporté tant de plaisir – s'étirer en un semblant de sourire.

— J'étais à San Francisco pour conclure une affaire, donc ça ne m'a pas du tout dérangé.

En entendant ces mots, Delphi sentit sa gorge se nouer. Ainsi, rien n'avait changé, songea-t-elle, partagée entre le chagrin et la colère. Depuis qu'elle connaissait Omar, il avait toujours eu des marchés à conclure partout dans le monde. Le hasard avait voulu qu'il se trouve précisément ce jour-là à San Francisco.

— Les affaires, toujours les affaires…, observa-t-elle.

Elle crut voir son regard s'assombrir, puis il se tourna vers l'infirmière.

— Ça vous ennuierait de nous laisser quelques instants seuls, mademoiselle ?

Cette question formulée d'un ton calme n'était autre qu'un ordre. C'était ainsi que fonctionnait Omar, Delphi avait eu tout le loisir de le constater durant leurs quelques mois de mariage.

Omar al-Majid était le fils de l'un des hommes les plus riches du Moyen-Orient. Un homme parti de rien, dont la fortune rivalisait aujourd'hui avec celle des émirs et cheikhs qui régnaient sur le golfe Persique. Dans l'univers d'Omar – univers hors de portée du commun des mortels –, sa parole faisait office de loi, et ses souhaits étaient toujours exaucés dès l'instant où il les exprimait.

Face à l'expression de l'infirmière, Delphi retint son souffle. C'était celle des gens qu'elle avait vu maintes fois se faufiler dans des magasins ou restaurants pour obtenir une photo ou un autographe de ses parents. Elle reflétait un mélange de révérence et de stupéfaction, à l'idée de se trouver en présence de personnages quasi mythiques. Elle avala lentement sa salive. Autrefois tout comme aujourd'hui, ces gens-là ne voyaient que la statue dorée luisant de mille feux, sans prendre la peine de baisser les yeux sur les pieds d'argile des célébrités en question.

— Non, bien sûr, répondit l'infirmière.

Ses joues avaient rosi et il lui en coûtait visiblement de quitter Omar du regard, mais elle s'éloigna vers le couloir. Dès qu'elle se retrouva seule avec lui, Delphi fut envahie par la colère qu'elle avait essayé jusque-là de contrôler.

— Pourrais-tu m'expliquer ce que tu fais ici ? lança-t-elle, glaciale.

Il garda le silence pendant quelques secondes qui parurent éternelles à Delphi.

— Ça me semble évident, lui répondit-il sans se départir de son calme apparent. Tu es blessée, je suis ton mari…

Comme il se rapprochait d'elle, elle fut parcourue de frissons.

— … donc je trouve normal d'être à tes côtés en de pareilles circonstances, conclut-il plus bas, d'une voix presque caressante.

Résolue à ne surtout pas céder à l'attirance qu'il exerçait toujours sur elle, Delphi souleva le menton.

— Si tu tenais à être « à mes côtés », il fallait y réfléchir six semaines plus tôt ! asséna-t-elle.

Le souvenir de ce matin pluvieux du mois de mai l'envahit tout entière, accompagné d'une sensation de douleur qu'aucun calmant n'avait réussi à effacer.

— À ce moment-là j'avais besoin de toi, Omar. J'ai aussi eu besoin de toi tous les jours, pendant les neuf mois qu'a duré notre mariage. Mais c'est terminé à présent. Fi-ni ! La page est tournée. Tu n'as pas reçu le courrier de mon avocat ?

— Il doit être quelque part, dit-il, fronçant légèrement les sourcils.

— Eh bien, j'espère que tu ne tarderas pas à le retrouver ! Mais tu croyais peut-être qu'il te suffirait d'apparaître pour que je change d'avis ?

Au moment même où elle posait la question, elle fut convaincue d'avoir vu juste. L'expression du regard de jais ne laissait aucun doute là-dessus. Contrairement à elle, Omar était persuadé de pouvoir obtenir sans aucun mal ce qu'il souhaitait.

— Nous nous sommes fait des promesses, Delphi.

L'aurais-tu oublié ? S'il ne prononça pas ces mots, elle n'eut aucun mal à lire dans ses pensées. Non, elle n'avait pas oublié les vœux de mariage qu'ils avaient prononcés, mais se les remémorer en de telles circonstances n'était guère facile.

— Des promesses qui ont un sens…

Comme il marquait une pause, elle crut qu'il allait finir la phrase, admettre qu'il l'avait délaissée au profit de ses affaires. À ce moment-là, un téléphone sonna. Elle reconnut la sonnerie du portable d'Omar, lequel plongea aussitôt la main dans la poche de sa veste pour répondre. Cette simple scène suffit à lui broyer le cœur, la replongeant dans de sombres souvenirs.

— Oui, en effet… Envoyez-moi une copie, et je vous transmettrai mon avis sur la question.

Et sans plus tarder, il mit fin à la conversation.

— Où en étais-je ?

— Tu parlais des promesses que nous nous étions faites, répondit-elle, dardant sur lui un regard froid. De promesses censées avoir un sens. Mais je suppose qu'en ce moment même, tu as la tête ailleurs. Dans une salle de conférences de San Francisco, par exemple ?

Sans prononcer un mot, Omar garda quelques instants les yeux rivés sur elle. Si son visage restait inexpressif, elle devinait sans peine son impatience.

— J'ai dû quitter une réunion très importante pour venir ici. Il s'avère que j'ai pour habitude de respecter mes engagements. Concept qui, semble-t-il, t'est totalement étranger depuis quelque temps.

— Si c'est là ce que tu ressens, je suis surprise que tu sois venu. Mais rassure-toi, tu peux repartir tout de suite.

— Comme toujours, tu choisis de mal interpréter mes propos et mes intentions. Je suis là pour t'aider à tenir tes promesses, Delphi. Certaines choses ne peuvent pas être oubliées. Elles sont trop importantes.

Avait-elle bien entendu ? L'hypocrisie de ces paroles était sidérante. Pendant toute la durée de leur mariage, il lui avait maintes fois montré tout l'intérêt qu'il lui portait. Ne venait-il pas, cette fois encore, de répondre au téléphone alors qu'il prétendait s'être déplacé pour elle ? S'ils avaient été chez eux à cet instant précis, il se serait dirigé vers son bureau et il ne lui aurait pas fallu plus de quelques secondes pour oublier jusqu'à l'existence de celle qu'il avait épousée.

— Je n'en doute pas, rétorqua-t-elle avec un rire sec. Raison pour laquelle tu n'as mis que six semaines pour te *précipiter* à mes côtés !

S'il resta imperturbable, son regard se fit plus acéré.

— Tu n'es pas quelqu'un de facile à cerner, dit-il du bout des lèvres.

— Une chose est sûre, j'ai du mal à me faire comprendre ! Cette fois, je vais donc essayer d'être aussi claire que possible : je n'attends rien de toi. *Rien*, sauf un divorce.

Ces mots furent suivis d'un silence. Même les bruits qui résonnaient jusque-là derrière les rideaux parurent soudain diminuer. Omar fit deux pas dans sa direction et elle sentit son estomac se nouer. Sensation qui s'accentua tandis qu'il tendait la main vers elle et lui caressait le menton.

— Le mariage a valeur de partenariat, observa-t-il avec un petit sourire en coin. Ou du moins est censé être considéré comme tel. La plupart du temps, les décisions se prennent donc à deux. Mais pendant les neuf mois qu'a duré notre union, tu as donné l'impression d'y être « enfermée » contre ton gré.

Delphi cligna des paupières. Son cœur battait à tout rompre. Ainsi, il la jugeait responsable de leur échec matrimonial ?

— Dans ce cas, tu ne pourras que te réjouir de te débarrasser de moi ! riposta-t-elle d'un ton implacable.

Reculant la tête d'un geste brusque afin d'échapper à ses prétendues caresses, elle ajouta :

— Ça ne te dérangerait pas de t'écarter ?

Mais il ne bougea pas d'un pouce.

— Si, ça me dérange.

Puis il haussa les épaules et glissa les mains dans les poches de son pantalon.

— J'ai du mal à comprendre ta réaction. Je te propose

tout simplement de monter dans une confortable limousine. Pourquoi refuser ?

À l'entendre, on aurait cru qu'il s'adressait à une diva rechignant à entrer dans une loge qu'elle ne considérait pas à sa hauteur. Mais le rôle de « gentil » qu'il avait de toute évidence décidé de s'attribuer ne lui convenait pas.

— Parce que je n'en ai pas envie, tout simplement ! répliqua-t-elle d'un ton tranchant. Je serai ravie de prendre le bus.

— Le service est ralenti, les jours fériés. Te sens-tu prête à attendre pendant des heures l'arrivée du prochain bus ?

— Ah ? Tu le sais sans doute parce que tu es un grand habitué des transports en commun ? railla-t-elle.

— Carole me l'a dit.

Après une brève pause, il inclina la tête de côté et reprit :

— Pourquoi ne pas accepter, Delphi ? Pourquoi t'obstiner à te compliquer la vie ?

Parce qu'on n'a rien sans rien, songea-t-elle, plus déstabilisée qu'elle ne l'aurait voulu par la profondeur de ce regard sombre qu'elle ne connaissait que trop.

— Mon père m'a toujours déconseillé de monter en voiture avec un inconnu, riposta-t-elle d'une voix rauque.

Il salua ces mots d'un étrange sourire.

— Je te rappelle que tu es toujours ma femme… et donc toujours sous ma protection.

Elle cligna des paupières. Fut un temps où elle y avait cru, où elle s'était laissée aller à imaginer qu'Omar se souciait d'elle, de son bien-être. Cru qu'ils étaient éperdument amoureux l'un de l'autre, et qu'il ne cherchait que leur bonheur. Mais ce temps-là était révolu. Elle savait à présent que, pareil à un héros de la mythologie grecque, il était animé par le besoin de gagner, de remporter un trophée, quel que soit le domaine, aussi bien dans le monde des affaires que sur un terrain de golf ou sur une piste équestre.

Ce qui expliquait sa présence à ses côtés à cet instant

même. Dans la mesure où elle avait exprimé son désir de divorcer, il était prêt à tout pour lui barrer la route.

— Je ne suis plus ta femme, lança-t-elle d'une traite. Et comme je viens de te le dire, je n'ai pas besoin de toi. Si j'ai besoin que quelqu'un m'accompagne, il me suffit d'appeler Ashley, ma colocataire.

— J'ai bien peur que ce ne soit pas possible. Elle est partie rendre visite à sa mère. Mais le message que tu lui as laissé l'a inquiétée. Tu avais apparemment l'air… secouée.

Elle eut l'impression que les motifs des rideaux bougeaient, se mélangeaient. Si la situation avait été différente, si Omar avait tenu ses promesses, elle n'aurait eu aucune raison de mentir à celui qu'elle avait épousé. Elle aurait pu lui parler de la panique qui l'avait gagnée tout entière lorsque sa voiture avait fait un bond en avant. Mais il l'avait abandonnée si souvent qu'elle se sentait incapable de lui accorder la moindre confiance.

— Et ? insista-t-elle d'un ton sec.

— Elle a demandé à un certain Travis – je crois bien que c'est son nom – de chercher les coordonnées d'un proche à contacter et il a choisi de m'appeler moi, ton mari.

Comme Delphi demeurait silencieuse, il ajouta :

— Je pourrais appeler Dan.

D'instinct, elle porta la main à sa gorge, comme si elle avait soudain du mal à respirer.

— Pour quelle raison ? Pour que tu puisses jouer les héros ? Hors de question !

— Voyons, Delphi, tu ne tiens pas à rester ici, n'est-ce pas ? Dans ce cas, laisse-moi te raccompagner.

Elle passa la langue sur ses lèvres sèches. Derrière les rideaux entrebâillés, elle vit passer un homme au visage contusionné qui avançait lentement avec des béquilles. Il se dirigeait vers la sortie de l'hôpital, et elle éprouva une violente envie de l'imiter. D'être libre elle aussi de quitter cet établissement comme bon lui semblait.

Son cœur cognait si fort contre sa poitrine qu'elle aurait presque pu l'entendre résonner dans le box. Elle ne voulait aller nulle part avec Omar. Elle ne tenait surtout pas à ce qu'il la conduise jusqu'à la petite maison qu'elle partageait avec Ashley. Mais elle devinait à son attitude qu'il n'était pas disposé à lâcher prise.

Depuis Londres, ce combat l'avait épuisée. Elle sentit ses jambes fléchir et se rapprocha de la fine cloison pour y prendre appui. Omar avait raison sur un point au moins : il fallait qu'elle parte au plus vite.

— D'accord, concéda-t-elle. Ramène-moi chez moi, mais tu en repartiras aussitôt.

Refusant de voir l'expression de triomphe qui ne manquerait pas de s'afficher sur ses traits, elle détourna le regard. Et à ce moment-là, elle vit les cloisons de la petite pièce commencer à virevolter autour d'elle.

— Delphi ?

Elle sentit la main puissante se refermer autour de son bras indemne et la guider sur-le-champ vers le lit.

— Là, assieds-toi.

Elle s'exécuta tout en repoussant la main masculine, et lâcha un soupir où se mêlaient colère et frustration tandis qu'Omar se penchait en avant. Il se tenait désormais tout près d'elle. Trop près. Il lui suffirait de tendre le bras pour toucher son torse musclé. Et soudain, elle éprouva une envie folle de se serrer contre ce superbe corps masculin, de puiser en lui toute la force qui lui manquait. De ne plus réfléchir, se laisser emporter…

Rappelle-toi la dernière fois que tu as laissé ton corps te guider... Les princes charmants n'existent que dans les contes de fées !

— Je vais bien, dit-elle d'un ton qui se voulait ferme, tant pour se rassurer elle-même que pour le convaincre.

— Bien sûr !

Difficile d'ignorer l'agacement qui perçait dans sa voix.

— Et tu t'obstinais à rentrer chez toi toute seule, grommela-t-il en se redressant. Ne bouge pas, je vais chercher l'infirmière.

— Inutile, j'ai juste besoin d'un moment pour… me ressaisir. Et peut-être aussi d'un verre d'eau.

La tête penchée en avant, elle inspirait tout doucement, fixant le bout de ses chaussures.

— Il doit y avoir une fontaine à eau dans le couloir. Je veux bien que tu m'en apportes un verre, s'il te plaît.

Il resta immobile pendant quelques secondes qui lui parurent durer une éternité. Elle leva alors la tête vers lui, et leurs regards restèrent rivés l'un à l'autre pendant un long moment. Il finit par acquiescer d'un geste bref, puis recula de deux pas.

— Ne bouge pas, Delphi. Je reviens tout de suite.

Sur le point de lui dire qu'il était inutile de se presser, elle n'en fit rien. Comme il s'éloignait vers le couloir, elle remarqua que son pouls s'accélérait.

Cinq minutes à peine plus tard, Omar écartait les rideaux du box. Il tenait à la main une bouteille d'eau minérale.

— Voilà. Bois ça. J'ai…

Mais il se tut et, les yeux écarquillés, regarda autour de lui.

Le lit était vide. Le box était vide.

Delphi avait quitté les lieux.

2.

Omar leva la main vers son visage et pressa les doigts sur sa tempe droite où il ressentait soudain une douleur aiguë. Lui, qui avait coutume de réagir sur-le-champ, regardait autour de lui, hébété. Mais peut-être exagérait-il la gravité de la situation. Delphi était sans doute tout simplement sortie pour prendre l'air.

Pivotant sur ses talons, il écarta le rideau et parcourut les urgences tout en regardant autour de lui, à la recherche de celle qu'il venait de retrouver et qui avait déjà disparu.

Pourtant, au fur et à mesure qu'il avançait, l'impression de perdre son temps s'accentuait. Tout comme les chevaux auprès desquels elle travaillait, elle avait coutume de prendre la fuite. C'était là sa réponse par défaut à tout type de confrontation ou d'éventuelle menace. Elle s'enfuyait surtout quand elle était en colère, or elle ne décolérait pas depuis ce qui s'était passé à Londres. Raison pour laquelle elle avait entrepris des démarches concernant un divorce.

Les lèvres serrées, il se frotta le front du bout des doigts, cherchant à atténuer cette insupportable sensation de martèlement. En fait, rien de grave ne s'était passé à Londres. Il comprenait certes qu'elle ait été agacée par la présence des paparazzis rôdant autour du cimetière, et surtout très frustrée de ne pas avoir pu se recueillir sur la tombe de ses parents. Mais sa réaction lui avait semblé – et lui semblait toujours – disproportionnée. Excessive. Injuste.

Il savait bien que Delphi lui en voulait de ne pas l'avoir

accompagnée en Angleterre. Il lui avait pourtant présenté ses excuses à maintes reprises. À vrai dire, il avait l'impression d'avoir consacré la moitié de sa vie conjugale à présenter des excuses à celle qu'il avait épousée !

Par ailleurs, en quoi sa présence aurait-elle eu un impact sur ce voyage à Londres ? Et par-dessus le marché, pas une seule fois elle n'avait admis sa propre responsabilité dans cette affaire. Si elle s'en était tenue au plan initial, il aurait été à ses côtés. Or elle avait changé d'avis non pas une fois, mais deux, au sujet de ce voyage, et quand elle s'était dite prête à partir, cela s'était avéré impossible pour lui, car c'était le moment précis où on lui avait proposé une rencontre avec Bob Maclean, propriétaire du plus grand réseau câblé d'Amérique du Nord.

Un événement pareil ne pouvait pas se reporter, et moins encore se refuser. Il avait essayé d'exposer la situation à Delphi, qui n'avait rien voulu entendre. Chacune de ses tentatives s'était soldée par un échec. Elle s'était de plus en plus repliée sur elle-même, finissant par ressembler à la jeune femme réservée qu'il avait connue un an auparavant, au club de polo.

Avec le recul, il se disait qu'il aurait dû tout faire pour briser ce silence. Lorsqu'elle l'avait tenu à distance, à son retour de Londres, il aurait dû la faire asseoir et insister pour qu'elle parle. Ou mieux encore, la porter jusqu'au lit et ne consentir à la lâcher que quand la glace aurait fondu.

S'il avait agi ainsi, ils ne se trouveraient peut-être pas aujourd'hui dans une telle impasse. Ou alors cela n'aurait rien changé, songea-t-il en se dirigeant vers la sortie des urgences. Il n'en était plus au stade où il pensait que leur mariage pouvait être sauvé. Pourtant, en arrivant à l'hôpital, il s'était demandé si elle avait pris le temps de réfléchir, et qui sait, de regretter sa façon d'agir. Mais sitôt entré dans le box, il avait compris qu'il n'en était rien. Delphi était la personne la plus têtue qu'il ait jamais rencontrée, et aussi la plus difficile à cerner.

Exception faite de Rashid al-Majid.

Les portes coulissantes s'ouvrirent et, tandis qu'il avançait d'une démarche résolue dans la lumière chaude que répandait le soleil de l'Idaho, il leva les yeux vers le ciel. Un ciel dont le bleu délavé était identique à celui des yeux de son père. Des yeux qui s'écartaient toujours de lui, pour chercher quelque chose de plus important, plus brillant…

D'instinct, il serra les poings. Avec seize demi-frères et sœurs plus âgés que lui, apporter à Rashid de la nouveauté, susceptible d'éveiller son intérêt, n'était pas chose facile. Cela ne l'avait cependant pas empêché d'essayer, au contraire même. Il avait consacré une grande partie de sa vie à s'efforcer d'établir un lien avec ce père insaisissable et intransigeant, en bâtissant quelque chose qui lui serait propre, qui n'aurait aucun lien avec la famille. Faire d'une pierre deux coups, en quelque sorte.

Mais il n'avait pas pour autant pensé au mariage. Il l'avait vaguement envisagé, sans pour autant y accorder grande importance.

Jusqu'à ce qu'il rencontre Delphi.

C'était alors devenu pour lui une sorte d'obsession. Il n'avait plus songé qu'à tout mettre en œuvre pour qu'elle lui accorde sa confiance. En moins de trois mois, ses efforts s'étaient avérés concluants.

L'alliance en argent qu'il portait à la main gauche luisait au soleil. Il lâcha un soupir. Plus exactement, il s'était imaginé avoir atteint son but. Mais dans la mesure où Delphi plaçait chaque fois la barre un peu plus haut, il avait échoué.

Échoué.

Comme ce mot lui traversait à nouveau l'esprit, il serra les mâchoires. Non, ce n'était pas lui qui avait échoué. Il était allé bien au-delà de ce que n'importe quel homme aurait fait pour prouver qu'il était digne d'intérêt. Il avait accepté le passé de la jeune femme sans poser la moindre question – même si les membres les plus conservateurs de sa famille avaient haussé les sourcils en apprenant certains détails. Et pendant toute la durée de leur union, l'idée de quitter le domicile conjugal ne lui était pas une seule fois venue à l'esprit. Alors qu'une erreur de sa part – une simple bévue – avait suffi à Delphi pour décider de tirer un trait sur leur relation. Elle avait fait ses valises et s'en était allée. Imitant ainsi la façon dont avait agi sa propre mère avec Dan. Si ce n'est qu'elle n'avait pas attendu quatorze ans, elle. Il ne lui avait pas fallu plus de neuf mois pour prendre cette décision.

Les yeux plissés, il observa chacune des personnes alignées près de la sortie, attendant qu'on vienne les chercher. Nulle trace de Delphi, bien sûr.

Au début, il avait cru qu'elle avait juste besoin de s'octroyer une pause pour se calmer, et avait pensé qu'elle rentrerait chez elle à Bedford, au ranch. Mais il n'avait pas été long à comprendre qu'il s'était trompé, puisque Dan l'avait appelé le lendemain et que leur conversation téléphonique n'avait rien laissé deviner de ce qui venait de se produire. De toute évidence, il n'était pas au courant de leur dispute.

Omar lâcha alors un soupir qui reflétait toute son exaspération. Il n'y avait eu en fait aucune dispute entre eux. Ils n'avaient échangé que quelques mots, Delphi se retranchant plus que jamais derrière un mur de froideur. Comment aurait-il pu imaginer à ce moment-là qu'il assistait à l'agonie de leur mariage ?

Un rire sec franchit ses lèvres. Durant la plus grande partie de leur vie commune, il avait eu l'impression de faire subir un long interrogatoire à Delphi. Pour qu'elle consente à prendre la parole, il fallait la plupart du temps qu'il la questionne. Mais à la fin, elle s'était montrée impitoyable. Après avoir pris sa décision – de façon unilatérale –, elle était partie.

En entrant dans l'appartement vide, il s'était senti choqué, heurté au plus profond de lui-même. D'autant plus que cette situation avait ravivé en lui de sombres souvenirs. Comment oublier ce jour où, alors qu'il n'était encore qu'un enfant, il était arrivé chez lui pour constater le départ de son père ?

Les jours passant, il avait été forcé d'admettre que Delphi avait bel et bien quitté le domicile conjugal. Et cette réaction de choc liée au chagrin avait cédé la place à une rage dévorante. Ainsi, du jour au lendemain, elle avait cru pouvoir se défaire de lui ? Non qu'il tienne à la récupérer. C'en était fini ! Il en avait assez de ses silences, de son refus permanent de partager avec lui ses pensées, son ressenti. À quoi bon vivre avec une personne qui restait ainsi repliée sur elle-même ?

Le divorce était indéniablement la seule option possible. Il ne regrettait qu'une chose : de ne pas avoir pris les devants. Mais pour le moment, rien n'était encore fait ! Il devait avant toute chose la retrouver.

Comme il observait à nouveau la file d'attente, il ressentit un creux au niveau de l'estomac. Quelle coïncidence qu'il ait été dans les parages quand ce Travis l'avait appelé pour lui dire que Delphi se trouvait à l'hôpital ! Et c'était tout aussi surprenant qu'il ait répondu à l'appel d'un numéro inconnu. D'ordinaire, il laissait sonner et écoutait ensuite le message, si message il y avait. Cette fois pourtant, une sorte de sixième sens semblait l'avoir guidé.

La sensation de creux à l'estomac s'accentua tandis qu'il se remémorait toutes les émotions qui l'avaient assailli lorsqu'il était arrivé à l'hôpital, un peu moins d'une heure auparavant. Lorsqu'il avait vu Delphi dans ce box, en train de parler avec un médecin. Il se rappelait avoir d'abord été sceptique, puis exaspéré, et pour finir soulagé. Soulagé de l'avoir enfin retrouvée, et d'apprendre qu'elle n'était pas gravement blessée.

Mais voilà qu'elle avait cette fois encore disparu et que

son soulagement cédait la place à une vague de colère. Il était furieux qu'elle se soit cette fois encore enfuie. Qu'elle ait profité de son absence pour n'en faire qu'à sa tête.

Les yeux plissés, il regarda à nouveau autour de lui. Parmi ces gens qui faisaient la queue pour être admis au service des urgences, quelqu'un l'aurait-il aperçue ? Avec cette robe longue et ces hauts talons, il était peu probable que nul ne l'ait remarquée. Comme l'image de la jeune femme lui revenait en mémoire, il fronça les sourcils. Delphi n'avait pas pour habitude de porter des robes de ce genre ou des hauts talons, songea-t-il, tandis qu'un sentiment proche de la jalousie s'insinuait en lui. Et qu'était-il advenu de son alliance ? Elle avait disparu de son annulaire.

Aurait-elle rencontré quelqu'un ? Serait-elle identique à sa mère ?

Dans son esprit se dessina soudain l'image d'un homme qui enlaçait celle qui était toujours son épouse. En proie à une poussée de rage machiste, guidée par l'instinct de possession, il serra les poings. Était-ce pour cette raison qu'elle était si pressée de divorcer ?

Un peu plus tôt, il avait menti en affirmant n'avoir reçu aucun document concernant ce divorce. Le courrier de l'avocat était arrivé à bon port, mais le simple fait d'y penser faisait redoubler d'intensité la migraine surgie dès son arrivée dans le box vide.

Et l'hypothèse d'avoir été si rapidement remplacé auprès de la jeune femme n'était pas seule responsable de cette réaction. Lorsqu'il s'était mis en tête d'accomplir quelque chose d'unique dans la famille pour attirer l'attention de son père, il n'imaginait en aucun cas être le premier de toute la fratrie à divorcer. Mais il en avait assez d'essayer de faire fonctionner son mariage. Tout seul, cela relevait de l'impossible. Et il était *tout seul.* Il s'en était aperçu quand Delphi était partie.

Ce divorce, il le souhaitait autant qu'elle. Peut-être même

davantage. Il n'en restait pas moins qu'elle était toujours sa femme et devait encore s'acquitter d'une tâche avant qu'il mette fin à leur histoire. Avant qu'elle devienne plus qu'une page à demi remplie de sa vie.

Ce fut d'un pas ferme qu'il se dirigea vers le début de la longue file d'attente.

— Excusez-moi, dit-il, s'adressant à une jeune fille qui avait un bras dans le plâtre.

Il lui en coûta, mais il réussit à sourire avant d'ajouter :

— Je cherche ma femme. Nous devions nous retrouver ici. Elle a des cheveux blonds, courts, et elle porte une robe longue, blanche.

La jeune fille hocha la tête.

— Elle est partie par là, fit-elle, pointant du doigt la direction opposée.

Puis elle haussa un sourcil.

— Mais… elle ne donnait pas l'impression d'attendre quelqu'un. Elle avait plutôt l'air pressée.

« Évidemment ! » songea Omar en pivotant sur ses talons pour partir sans tarder dans ladite direction. Quelques minutes plus tard, il arrivait dans une rue principale qui semblait tout droit sortie d'un film des années 1950. Il y avait là deux agences bancaires et quelques misérables petites boutiques, tout étant fermé en ce jour férié. Tout, sauf…

Accélérant le pas, il traversa la rue.

Delphi prit place à une table située dans un recoin de la taverne qui portait le nom de « Mule de fer ». Les paupières closes, elle lâcha un long soupir avant de respirer à petits coups pour reprendre son souffle. Elle avait quasiment couru de l'hôpital jusqu'ici et avait l'impression que ses poumons allaient exploser. Cette course avait aussi ravivé la douleur de sa blessure au poignet.

Elle n'avait pas prévu de s'enfuir, mais c'était pourtant la première idée qui lui était venue à l'esprit dès qu'Omar avait quitté le box de l'hôpital.

Partir. Lui échapper. Ces mots-là lui étaient aussitôt apparus comme la seule issue possible.

C'était donc ce qu'elle avait fait, sans savoir où elle allait, pareille à un animal qui cherche à tout prix à se cacher de son prédateur. Et elle avait enfin trouvé refuge. Elle était désormais en sécurité. Elle pouvait fêter son propre Jour de l'indépendance ! Si ce n'est qu'elle ne se sentait pas d'humeur à fêter quoi que ce soit.

De toute évidence, elle avait découvert l'endroit idéal, se dit-elle en balayant du regard la salle un peu sombre. Au bout, il y avait un comptoir derrière lequel se tenait une serveuse. En face d'elle, une table rectangulaire était occupée par six hommes d'un certain âge qui avaient tous le regard rivé sur un écran de télévision. Aucun d'entre eux n'avait pris la peine de se tourner vers la porte lorsqu'elle était arrivée, ce qui lui convenait à merveille.

— Que puis-je vous apporter ?

La serveuse venait de la rejoindre et la fixait, la mine morose.

— Une vodka, s'il vous plaît, lui répondit-elle d'une traite.

Derrière elles, la porte du bar s'ouvrit brusquement, et Delphi sursauta, prise de panique. Mais ce n'était qu'un autre homme aux cheveux blancs et clairsemés.

— En fait… je veux bien une *double* vodka, rectifia-t-elle d'une voix tendue.

Impassible, la serveuse hocha la tête.

Delphi la regarda s'éloigner et se laissa aller contre le simili cuir de la banquette. Elle avait besoin d'une boisson forte. L'eau ne suffirait pas à maîtriser les émotions qui se bousculaient en elle. Et la réapparition d'Omar dans sa vie, aussi soudaine que malvenue, n'en était pas seule responsable.

La gorge nouée, elle tendit lentement la main vers son poignet bandé. Comment était-ce possible que cet accident se soit produit ? À l'instar de tous les membres de sa famille, elle conduisait avec prudence, respectait toujours le Code de la route et ne prenait jamais le moindre risque. Tout comme Dan et ses fils, elle avait bien compris que les conséquences d'une erreur pouvaient être dévastatrices.

Mortelles.

Elle eut soudain l'impression qu'un poids s'abattait sur sa poitrine, ce qui lui arrivait chaque fois qu'elle repensait au terrible accident, et eut du mal à respirer.

Pour elle, Ianthe Reynolds et Dylan Wright étaient « maman » et « papa ». Mais pour le reste du monde, l'actrice blonde peroxydée et la future pop star à la mine boudeuse formaient un couple très en vogue. Leur liaison avait maintes fois fait la une de la presse à scandale, depuis le moment où Ianthe avait quitté Dan Howard – son mari depuis quatorze ans – pour suivre son amant beaucoup plus jeune qu'elle. Cette histoire avait pris fin le jour où leur voiture, conduite par Ianthe, avait quitté la route. Cet accident leur avait coûté la vie.

C'était ainsi que Delphi était devenue orpheline, à l'âge de quatre ans.

Prétendre se rappeler les heures qui avaient suivi l'accident serait faux. Elle gardait plutôt en mémoire des souvenirs de gens entrant et sortant de la maison. Ainsi que des images de lumières. De nombreuses lumières clignotantes.

Elle en était là de ses pensées quand la porte du bar s'ouvrit à nouveau. Cette fois elle ne tourna pas la tête. Absorbée comme elle l'était par les flashs qui défilaient à vive allure dans son esprit, elle n'y prêta aucune attention. Il y avait eu d'abord le rouge et le bleu de la police. Et ensuite, tous les flashs aveuglants des paparazzis qui avaient rejoint les équipes de tournage, foulant au passage les tulipes qu'elle avait plantées quelques mois plus tôt avec son père. Il lui semblait même entendre leurs voix tout excitées, voir encore leurs yeux avides de tout détail.

Un curieux frisson la parcourut, tandis qu'elle percevait

un changement près d'elle, quelque chose qu'elle aurait eu du mal à définir. Ce fut alors que résonna la voix masculine qu'elle ne connaissait que trop.

— Ah, te voilà, ma chérie !

Delphi sursauta tandis qu'une bouteille d'eau était brusquement posée sur la table, juste devant elle.

— Désolé d'avoir autant tardé à te l'apporter. Je ne savais pas qu'une partie de cache-cache était engagée entre nous…

Elle sentit son cœur cogner contre sa poitrine et eut du mal à avaler sa salive. Aussi déplacé dans ce vieux bar qu'un paon dans un pigeonnier, Omar al-Majid la fixait, ses lèvres retroussées en un sourire cynique.

— J'aurais pourtant dû le deviner, puisque c'est ton jeu préféré.

Elle l'avait déjà vu en colère, mais jamais autant. Cette fois, elle avait l'impression que son corps tout entier dégageait une onde de fureur. Mais qu'il soit furieux ou pas, cela ne changerait rien, pas plus le passé que l'avenir. Et après ce qui s'était produit à Londres, elle savait qu'il n'y avait entre eux aucun avenir possible.

Machinalement, elle posa les mains sur son ventre, et sentit quelque chose se pincer en elle – ce même pincement où se mêlaient regret et chagrin liés à la perte, et qui rythmait sa journée comme une horloge marquant les heures.

Elle redressa le menton et soutint son regard.

— Je ne joue à rien, Omar. Et ne t'assieds pas, s'il te plaît.

Mais il était déjà trop tard. Il s'était installé en face d'elle.

— En effet, tu ne joues pas. Tu ne t'échappes que quand tu es seule.

Il écarta la bouteille d'eau et, les bras posés sur la table, se pencha vers elle tandis qu'elle répliquait :

— Je ne me suis pas échappée. Je n'avais simplement pas envie de te voir.

Constatant que ses traits se raidissaient, elle éprouva une sensation de satisfaction. Sensation qui se dissipa lorsqu'il se rapprocha encore un peu plus d'elle. Son torse puissant lui cachait à présent toute vue de la salle, ce dont elle se moquait bien. Elle ne se moquait pas en revanche de l'effet qu'avait sur elle la proximité de ce grand corps masculin. Voilà que surgissaient de façon incongrue les souvenirs de leurs étreintes passionnées.

D'instinct, elle recula pour s'adosser à la banquette et mettre le plus de distance possible entre eux.

— Tu es sûre de ce que tu dis, Delphi ? murmura-t-il, les yeux rivés sur elle. Tu ne peux pas me tromper. Pas plus que tu ne peux te tromper toi-même.

Le cœur battant à tout rompre, elle haussa un sourcil.

— Je ne vois pas de quoi tu parles.

Malheureusement, elle ne le savait que trop. Autour d'elle, le décor semblait se diluer, les formes s'effacer. Il n'y avait plus qu'*elle et lui*.

— Bien sûr que si, insista-t-il avec un petit sourire en coin. Mais tu refuses de l'admettre. Comme toujours, à vrai dire. Raison pour laquelle tu t'es enfuie et tu as décidé de te cacher dans ce bar de bas étage. Mais tu ne peux pas tout fuir, Delphi…

Elle sentait son corps s'enflammer et s'en voulait terriblement de réagir ainsi en présence de celui qu'elle avait épousé. Celui qui ne lui avait jamais prêté l'attention qu'elle espérait et attendait d'un mari ! Pourtant, si son esprit était capable de raisonner, il n'en allait pas de même de son corps.

Légalement, ils étaient toujours mariés, mais cela ne signifiait rien. Plus rien du tout, et imaginer le contraire relèverait de l'illusion la plus grossière. Elle en voulait pour exemple leurs neuf mois de vie « commune ».

À quoi bon ressasser tous ces souvenirs ? Cela n'avait plus d'importance aujourd'hui, la page était tournée. Sinon, pourquoi souhaiterait-elle divorcer ? Elle tenait à mettre un terme à cette union pour se libérer de lui, pour poursuivre sa vie à sa guise, *sans lui*.

— Encore une fois, je ne fuis pas, déclara-t-elle en détachant chaque syllabe. J'attends simplement qu'on m'apporte le verre que j'ai commandé pour fêter mon imminente liberté ! D'ailleurs, à quoi bon s'éterniser ?

Elle déboucha la bouteille d'eau qu'Omar avait apportée et, avant de la porter à ses lèvres, leva le bras et s'exclama :

— À ma toute prochaine vie de célibataire !

La longue gorgée d'eau qu'elle avala ne lui apporta aucun réconfort.

Les yeux plissés, Omar ne fut pas long à reprendre la parole.

— Je sais ce que tu as en tête, Delphi. Et je me demande si tu le sais, toi.

Faisant appel à toute sa volonté pour ne pas se départir de son calme apparent, elle apporta une réponse immédiate à ce semblant de question.

— Bien sûr que si. Ce n'est pas bien compliqué. Je cherche tout simplement à te pousser vers la sortie !

Sans la quitter du regard, il inclina la tête de côté et esquissa un sourire.

— Exactement. Tu me provoques, parce que tu ne peux plus t'échapper, tu ne peux plus te cacher, et ça te fait peur.

— Je n'ai pas peur de toi.

Elle parlait vite, trop vite.

— Non. Tu as peur de nous. De ce que signifie le mot « nous ». De ce qu'il t'inspire. Ce que *je* t'inspire…

Il posa les yeux sur sa main qui agrippait la bouteille comme si sa vie en avait dépendu.

— C'est ce qui t'a toujours fait peur, Delphi. Depuis le tout début. Et je te connais assez maintenant pour savoir que, quand ça devient trop lourd à porter, tu agis comme tu l'as fait il y a six semaines. Comme tu es en ce moment même en train de le faire. Au lieu de me parler, tu me repousses. Tu cherches par tous les moyens à esquiver un échange. Tu exagères la gravité de la situation.

Le souffle court, elle garda les yeux rivés sur lui. À l'hôpital, lorsqu'il était entré dans le box, elle s'était surprise à penser que leur relation pourrait être différente. Qu'il avait peut-être changé. Mais c'était faux. Au lieu de comprendre que son comportement était lié à un besoin de survivre, il n'y avait vu qu'un défi. Or elle ne le « repoussait », comme il l'avait dit lui-même, que pour se protéger. Elle lui avait accordé sa confiance ; en échange de quoi il ne lui avait, lui, accordé aucune importance. Ceci, jour après jour, et chaque fois cela la blessait un peu plus, brisait une partie d'elle-même. Jusqu'au moment où elle avait décidé de partir. Avant d'être totalement détruite.

Mais il ne voyait pas, lui, la situation sous cet angle. Il ne considérait pas avoir commis la moindre erreur. De son point de vue, c'était *elle* qui était fautive. Elle qui avait *exagéré* la gravité des faits.

Toujours sidérée par l'injustice de ce mot, elle le fusilla du regard.

— Tu penses donc que je suis partie pour cette raison ? Parce que ce que je ressens en ta présence m'effraie ?

En cet instant précis, elle éprouvait une envie folle de gifler le superbe visage. Cet homme était décidément le plus arrogant et égoïste de la planète !

— Sais-tu quel est ton problème, Omar ?

Il haussa un sourcil interrogateur, comme si l'idée d'avoir le moindre problème ne lui avait jamais effleuré l'esprit. Et c'était sans doute le cas. Les individus de son espèce prenaient rarement la peine de se remettre en question. À quoi bon ? Mieux valait rendre les autres responsables de toutes sortes de problèmes.

— Occupé comme tu l'es à construire ton empire, à mener à bien tes affaires, tu ne t'interroges pas souvent sur toi-même. Sur ta propre façon de te comporter.

— Ah ? lança-t-il d'un ton sec. Si mes souvenirs sont

bons, ce n'est pas moi qui ai décidé de rompre sans fournir la moindre explication !

En entendant ces mots, Delphi sentit le rythme de son pouls s'accélérer. Cela aurait-il changé quelque chose, qu'elle lui explique ce qu'il en était ? À ce moment-là, peut-être. Omar aurait probablement été bouleversé d'apprendre qu'elle avait été enceinte et venait de perdre le bébé. Elle porta à nouveau la bouteille d'eau à sa bouche, s'efforçant de refouler les douloureux souvenirs qui surgissaient en elle. Ce moment épouvantable où elle avait senti son corps se vider. Oui, il aurait sans nul doute été accablé de chagrin. Mais cela aurait-il modifié quelque chose ? Les gens ne changeaient pas. Du moins, pas profondément et pas pour longtemps. Cette fausse couche lui avait ouvert un peu plus les yeux, l'avait obligée à admettre qu'elle passait toujours après sa vie professionnelle et qu'il en serait toujours ainsi.

La partie d'elle-même qui s'obstinait à espérer vivre un conte de fées avait elle aussi disparu ce jour-là. Allongée dans la baignoire, elle avait compris et accepté que quelque chose ne fonctionnait pas normalement en elle. Quelque chose qui mettait hors de sa portée un quelconque dénouement heureux.

Omar avait donc raison. On ne pouvait pas se voiler la face, se cacher à soi-même certaines vérités. Mais ils ne parlaient pas des mêmes vérités.

— Nous avons partagé une cérémonie et un lit, déclara-t-elle d'un ton catégorique. Un morceau de papier et une bague ne suffisent pas à construire un mariage, Omar.

Comme il posait les yeux sur les doigts nus de la jeune femme, un mélange de colère et d'indignation le submergea. Se croyait-elle vraiment capable de lui expliquer ce qu'était un véritable mariage ? Il lui en coûta, mais il parvint à contrôler ce mouvement d'humeur. Il aborderait ce sujet plus tard.

— Permets-moi de te rappeler qu'il ne s'agit pas d'un

vulgaire « morceau de papier », mais d'un contrat, ce qui implique un engagement mutuel.

Peu disposée à se laisser impressionner, elle rétorqua :

— Au même titre qu'un divorce.

Il serra les dents, pris d'un violent désir de lui poser les mains sur les épaules et de la secouer. Elle ignorait tout de ce qu'il avait vécu durant ces dernières semaines. Et elle ne semblait d'ailleurs pas s'en soucier, constata-t-il, ne décelant aucune trace de remords dans ses yeux noisette. Si elle pensait se défaire de leur mariage comme d'un jouet brisé, elle risquait d'avoir une mauvaise surprise.

Aussi mauvaise que celle de rentrer chez soi et de constater que sa femme est partie.

— Il représente un pacte qu'on se doit de respecter, enchaîna-t-il, s'efforçant de dissimuler sa rage. Avec ses obligations, ses responsabilités.

— Je te fais confiance pour évaluer ça en bon homme d'affaires qui se respecte ! railla-t-elle avec un petit rire empreint d'amertume.

Décidément, elle était résolue à ne pas l'épargner, songea-t-il, s'enjoignant néanmoins au calme. Et elle, quelle idée avait-elle de cette union « sacrée » ? Qu'y voyait-elle ? Un pari ? Une chance de se réinventer ? Un piège, plutôt ?

Ces questions l'oppressaient et il s'empressa de rompre le silence.

— Mais dans l'absolu, c'est faux, n'est-ce pas ? Tu ne me fais pas confiance ?

Pareille à un animal pris dans le faisceau de la lampe d'un braconnier, elle se figea et parut alors plus jeune qu'elle ne l'était. Vulnérable, presque fragile. Et se rappelant soudain l'accident qui avait coûté la vie à ses parents, il fut assailli par la culpabilité. Face au regard dur dont elle l'enveloppait, sa réaction fut de courte durée.

— À juste titre, semblerait-il ! asséna-t-elle.

— Voici.

D'un seul geste, ils tournèrent la tête vers la serveuse qui venait de se matérialiser tout près d'eux et posait un verre devant Delphi. Reportant aussitôt son attention sur celle-ci, Omar remarqua qu'elle avait adopté une position digne d'un coureur n'attendant qu'un signal pour partir. Mais elle n'irait pas bien loin, juchée sur ces hauts talons qu'elle portait uniquement afin de mettre en valeur sa silhouette.

Elle se rapprocha alors de la table et, comme elle redressait le menton tout en le fixant, il comprit sur-le-champ qu'il s'était trompé. Elle n'envisageait pas de s'enfuir, mais de le guider, *lui*, vers la sortie. Elle voulait le congédier. Le congédier, comme l'avait fait si souvent dans sa vie son père.

À point nommé, son téléphone vibra dans la poche de sa veste. Il le prit aussitôt et retint son souffle en faisant défiler le message sur l'écran. Puis il hocha lentement la tête en souriant. L'affaire était sur le point de se conclure. Il parlerait aux avocats, réglerait les derniers détails, et ensuite, appellerait peut-être Rashid, son père.

Après avoir remis son smartphone dans sa poche, il releva la tête et vit Delphi qui le dévisageait, les traits figés.

— Qu'as-tu commandé ? lui demanda-t-il tandis qu'elle prenait le verre dans sa main.

— De la vodka.

Sitôt ces mots prononcés, elle avala une gorgée du breuvage fort.

— Je ne pense pas que boire de l'alcool à la suite d'un accident soit une bonne idée.

Un sourcil levé, elle avala une autre gorgée avant de déclarer :

— Ce que tu penses, dis ou fais ne m'intéresse absolument pas. Tu perds ton temps.

Le silence s'installa ; après quoi, elle finit son verre d'une traite. Réprimant à grand-peine une violente envie de la rejoindre sur la banquette et de la prendre dans ses bras pour lui prouver le contraire, il se tourna vers l'écran de télévision qui diffusait un match de boxe acclamé par de nombreux spectateurs. Il s'agissait d'une représentation, bien sûr, mais les efforts et les compétences nécessaires pour se livrer à ce combat étaient bel et bien réels.

Tout aussi réels que le mariage de ses parents. Rashid et Maryam ne s'étaient pas mariés par amour, mais ils avaient avancé ensemble, se laissant guider par leur affection mutuelle, leur compréhension. Leur engagement était basé sur le pragmatisme. Il s'agissait d'une performance stratégique, chorégraphiée par deux participants investis dans leur rôle. S'il respectait cette façon de fonctionner, il n'avait jamais pour autant voulu s'engager dans une relation de ce genre. Jusqu'ici du moins.

Comme Delphi s'était elle aussi tournée vers l'écran de télévision, il se laissa aller à examiner son profil. Le petit nez droit, les pommettes saillantes, les lèvres joliment dessinées. Et bien sûr, ce port de tête altier.

En arrivant à l'hôpital, il était prêt à lui laisser une chance, mais elle avait refusé d'en entendre parler. Dorénavant, il prendrait donc la direction des opérations. Que cela lui plaise ou pas.

— Mon temps, c'est ici que je suis en train de le perdre. Allons-y, ajouta-t-il en se levant.

— En quelle langue faut-il te dire que je ne te suivrai nulle part ? fulmina-t-elle.

— Détrompe-toi ! Soit tu m'accompagnes de ton plein gré, soit je t'emmène de force, sur mon épaule.

Sa réponse ne se fit pas attendre.

— Tu n'oserais pas, rétorqua-t-elle d'une voix glaciale qui reflétait l'incrédulité.

— Je suis prêt à te prouver le contraire.

Il vit son regard s'assombrir, mais comprit immédiatement qu'elle ne lui tiendrait pas tête. En tant que fille de Ianthe Reynolds et de Dylan Wright, elle détestait les scènes en tout genre et évitait d'attirer l'attention sur elle.

De ce fait, elle ne fut pas longue à se lever. Il ressentit une pointe de satisfaction quand elle passa à côté de lui et alla régler sa consommation au bar avant de se diriger vers la sortie. Un simple regard à ses longues jambes fuselées suffit à lui rappeler leurs ébats amoureux et il s'empressa de détourner les yeux.

Lorsqu'ils eurent quitté l'établissement, Omar avança sur le trottoir et leva la main en un geste impérieux. L'instant suivant, un SUV apparaissait au bout de la rue et se garait devant lui. Dès qu'ils eurent pris place à l'arrière, le véhicule démarra.

— Tu t'es apparemment calmée, observa-t-il.

Se calant au fond du siège, le plus loin possible de lui, elle répondit :

— Je n'ai plus aucune raison de m'énerver. Dans une demi-heure tout au plus tu m'auras raccompagnée chez moi, et ensuite tu disparaîtras de ma vie. Tu repartiras à San Francisco ou je ne sais où, là où te conduira le prochain gros contrat.

Il étira les jambes et, une fois confortablement installé, il se tourna vers elle.

— Je pars à Dubaï, Delphi. Et tu vas devoir à la fois m'accompagner et jouer ton rôle d'épouse.

Le silence s'installa autour d'eux. Il remarqua qu'elle serrait les poings, luttait pour ne pas perdre ce calme dont il venait en quelque sorte de la féliciter.

— Si c'est là ce que tu t'imagines, il faudrait peut-être que nous retournions à l'hôpital et que tu te fasses examiner. Voyons, qu'est-ce qui t'échappe dans la phrase « Je veux divorcer », Omar ?

— Et qu'est-ce qui t'échappe, à toi, dans la phrase « Nous sommes toujours mariés » ?

Il tendit le bras pour lui prendre la main, et ajouta :

— Avec ou sans alliance. Pour le meilleur et pour le pire.

S'efforçant de lui faire lâcher sa main, elle poussa un soupir exaspéré.

— Pourquoi agis-tu de cette façon ? Je sais bien que tu dois toujours l'emporter, mais nous ne sommes pas sur le terrain des affaires !

— En effet. Comparé à notre mariage, n'importe quel marché à remporter a des allures de paradis !

— Dans ce cas, pourquoi ne pas me laisser partir ?

Comme il serrait les mâchoires, il sentit tous les muscles de son corps se contracter.

— Parce qu'il s'avère que toi, ma tendre et égoïste épouse, tu t'es engagée. Et l'une de ces promesses consistait à assister à l'anniversaire de mon père, qui va fêter ses quatre-vingt-dix ans.

Il la vit écarquiller les yeux.

— J'imagine que ce « détail » t'a échappé, dans ta quête d'indépendance, mais je ne l'ai pas oublié, moi.

Lorsque la voiture s'arrêta, il en descendit. Quelques instants plus tard, comme il le supposait, une portière se referma et des claquements de talons résonnèrent derrière lui.

— Ce que tu me demandes est impossible.

Il se tourna vers la jeune femme. La brise plaquait sur son corps la fine étoffe de sa robe, soulignant ses courbes féminines, et il fut soudain assailli par une vague de désir qu'il s'empressa de refouler.

— *Impossible ?* répéta-t-il. Tu considères comme *impossible* le fait de m'accompagner à ce genre d'événement et d'y jouer ton rôle d'épouse ?

Il vit les traits de son visage se tendre.

— Je n'ai justement aucune envie de « jouer un rôle », pour reprendre ton expression. Le statut d'épouse est lié à des sentiments… que je n'ai pas pour toi ! Je ne suis pas une actrice, Omar. Il ne te suffit pas de claquer des doigts pour que je sois prête à endosser ce rôle.

Sans même s'en apercevoir, elle avait joint le geste à la parole en prononçant ces mots.

Plus tard, il se demanderait si c'était ce claquement de doigts ou la froideur de son attitude qui l'avaient incité à se rapprocher d'elle. Quand il l'avait fait, il s'était borné à suivre une pulsion. Celle de sentir son corps contre le sien. Sans hésiter, il lui avait donc posé les mains sur les épaules et l'avait attirée contre lui, cherchant aussitôt ses lèvres tandis que ses doigts s'égaraient déjà sur son dos, sa taille, s'agrippaient à ses hanches.

Comme il l'imaginait, Delphi ne fut pas longue à répondre à cette étreinte. Après un bref mouvement de surprise, elle s'agrippa au col de sa veste et se serra contre lui tout en répondant à son baiser ardent. Elle était peut-être capable de cacher bon nombre de choses, mais à présent c'était son corps qui s'exprimait, qui réagissait à ces caresses si souvent partagées. Elle ne pouvait pas étouffer son désir pour lui. Un désir partagé qui emportait tout sur son passage, dévorant le passé, le mêlant au présent. Assoiffés l'un de l'autre, après ces six semaines de séparation, ils ne parvenaient pas à mettre un terme à cet élan de passion.

Ce fut alors que derrière eux, dans les champs, retentit un coup de tonnerre. Non, ce n'était pas un coup de tonnerre, mais des feux d'artifice. Ce bruit ramena aussitôt Omar à la réalité et il puisa en lui la force de s'écarter de celle qui était toujours sa femme. Il la lâcha, puis recula, remarquant au passage qu'elle semblait aussi déstabilisée que lui par ce brusque changement de situation. Il parvint néanmoins à se ressaisir et plongea son regard dans celui de Delphi avant de reprendre la parole.

— Tu vois bien ? murmura-t-il avec un petit sourire. Je n'ai même pas eu besoin de claquer des doigts…

Un éclair traversa les prunelles couleur noisette.

— Je n'ai pas mon passeport.

— Moi si.

Il plongea la main dans la poche intérieure de sa veste et en sortit la pièce d'identité.

— J'ai demandé à l'un de mes hommes de passer ce matin le récupérer. S'il n'y a rien d'autre à régler, je suggère que nous partions sans tarder. Nous avons un emploi du temps assez chargé.

Sur ce, ignorant son envie de la prendre à nouveau dans ses bras, tout comme la brusque pâleur de son ravissant visage, il tourna les talons et se dirigea vers l'avion qui les attendait sur la piste.

3.

Exactement quatorze heures et neuf minutes après avoir décollé de la piste de l'Idaho, le jet Gulfstream d'Omar atterrissait sur la piste de Dubaï, avec une secousse à peine perceptible.

Comme l'appareil ralentissait, Delphi regardait par le hublot le ciel qui s'assombrissait. Elle serra un peu plus fort entre ses doigts tremblants le magazine qu'elle avait fait semblant de lire pendant la dernière heure de vol.

Elle savait bien que ce moment arriverait. Le jet ne pouvait pas traverser indéfiniment le ciel. Ils avaient atteint leur destination, et les conséquences de ce qu'elle s'était trouvée dans l'obligation d'accepter, aux États-Unis, n'étaient plus une éventualité, mais une certitude impossible à contourner.

Elle n'avait rien signé. Il s'agissait plutôt d'un accord non verbal.

Au souvenir du long baiser qu'ils avaient échangé juste avant de conclure l'accord en question, elle sentit ses joues s'embraser. Sa propre réponse avait mis en évidence un désir qui n'avait plus lieu d'exister, mais qui, de façon inexplicable, n'avait pas disparu.

Son regard se posa sur Omar qui, à l'autre bout de la cabine, avait la tête penchée sur son ordinateur. Dès qu'il l'avait prise dans ses bras, elle avait remonté le temps. Il avait suffi de quelques secondes pour que tout s'évapore : sa rancœur, son sentiment de frustration. Tout, exception faite de ce désir fou qui avait rejailli en elle dès qu'il l'avait serrée contre lui.

Et puis il s'était écarté d'elle et elle avait alors eu l'impression de se réveiller brusquement, d'être tirée d'un rêve extraordinaire.

Comme s'il avait pu lire dans ses pensées, Omar se tourna vers elle, et elle s'empressa de concentrer toute son attention sur le hublot situé à sa droite. Pendant toute la durée du vol, ils s'étaient bornés à échanger quelques phrases polies en présence du personnel navigant. De ce fait, devoir jouer le rôle d'épouse au cours de cette fête d'anniversaire l'affolait de plus en plus.

Elle avait la gorge si sèche qu'elle eut du mal à avaler sa salive. Les doigts crispés sur les accoudoirs, elle essayait de trouver une issue à ce problème de taille. Et si elle refusait de descendre de l'avion ? Non, ce n'était pas une bonne idée. Et pas seulement parce que Omar n'hésiterait pas à l'emporter sur son épaule, comme il l'en avait déjà menacée. Au fond d'elle-même, elle s'en voulait d'avoir oublié la fête d'anniversaire de Rashid. Elle ne l'avait certes rencontré qu'une fois, mais cet homme n'était en rien responsable des problèmes qu'elle avait avec son fils. Par malchance, la date de son anniversaire correspondait à l'implosion de leur mariage.

Elle lança un regard furtif à Omar, qui s'entretenait avec l'un des stewards. Que pensaient de leur couple les membres du personnel navigant ? Se demandaient-ils pourquoi elle s'était installée si loin de son mari ? Peut-être pas. S'ils connaissaient leur employeur, ils savaient que son activité professionnelle passait avant tout, y compris sa femme.

Ses yeux se posèrent sur ses épaules. Pendant le trajet, Omar avait échangé son costume contre un jean délavé et un T-shirt noir, tenue que portaient la plupart des hommes travaillant dans des écuries – mais il était peu probable que quelqu'un puisse le confondre avec un palefrenier. Cette tenue décontractée ne diminuait en rien l'aura de puissance qui émanait de lui. Une aura qui faisait courir les serveurs dans les restaurants et ne laissait certainement pas indifférentes les femmes qu'il croisait sur sa route.

Tu en es la preuve, Delphi !

Pareille à un papillon attiré par la lumière, elle avait aussitôt été séduite par Omar al-Majid. Quoi qu'il en soit, elle ne se voilait plus la face en s'imaginant que leur histoire était un conte de fées. Elle y avait pourtant cru, au début. Elle s'était imaginé qu'elle vivrait heureuse à ses côtés jusqu'à la fin des temps. Et puis la réalité l'avait emporté sur la fiction, avant même qu'ils célèbrent le premier anniversaire de leur union.

Le lendemain de leur mariage, en le regardant dormir, elle avait été sidérée par la force de l'amour qu'elle portait à cet homme. Cet homme qui était à présent son mari, et avec lequel elle allait désormais partager sa vie. Elle se sentait prête à tout pour lui.

Mais les mois suivants avaient changé la donne. Constater à longueur de temps qu'elle ne faisait pas partie de ses priorités avait altéré ses sentiments. Pour finir, l'épisode de Londres avait eu raison de ses dernières illusions. Un matin, elle avait donc attendu qu'il parte pour mettre quelques affaires dans un petit sac et s'en aller à son tour, prête à ne jamais revenir.

Les paupières closes, elle appuya la tête contre le haut du siège. Parfois, quand la douleur devenait trop forte pour qu'elle parvienne à la chasser, elle se disait qu'avoir le cœur brisé comptait parmi les épreuves de la vie et qu'il s'agissait donc d'une étape à franchir. Une étape difficile, soit, mais qui l'aidait à se construire.

À ce stade de ses pensées, elle souleva les paupières, et cette fois encore son regard fut aussitôt attiré par Omar.

Pour le moment, elle avait beaucoup de mal à trouver un quelconque bénéfice à cette situation. Se tournant à nouveau en toute hâte vers le hublot, elle lâcha un soupir. À quoi bon songer à tout cela ? Elle ne pouvait rien changer au passé. Rien, mais il fallait qu'elle tire profit de ses erreurs pour éviter qu'elles ne se reproduisent. Or venir à Dubaï afin de jouer les épouses parfaites ne cadrait pas vraiment avec ce schéma…

— Tout va bien ?

Ces mots la firent sursauter. Omar, qu'elle n'avait pas entendu approcher, se tenait à présent à ses côtés. « Non », fut-elle tentée de répondre. Tout aussi tentée que de rester figée sur son siège. Elle détacha cependant sa ceinture de sécurité et acquiesça en se levant.

— Bien, dit-il d'un ton froid, sans cesser de l'observer.

Elle crut qu'il allait la prendre par la main ou par le bras et ne put réprimer un frisson d'excitation. Mais il n'en fit rien.

— Allons-y et finissons-en au plus vite ! lança-t-elle sèchement avant de se diriger vers la sortie.

En haut des marches, elle s'arrêta quelques instants pour admirer le soleil orangé qui commençait à se cacher à l'horizon. À cette heure-ci, dans l'Idaho, elle aurait été plongée dans un profond sommeil, mais ce n'était pas le décalage horaire qui la déstabilisait à ce point. Sitôt sortie de l'avion, elle fut saisie par la forte chaleur qui régnait autour d'elle. Il ne fallut pas plus de quelques secondes pour qu'elle sente ses vêtements lui coller à la peau.

— Il fait bien plus chaud encore dans la journée, l'avertit Omar. Il faudra que tu en tiennes compte quand tu seras à l'extérieur.

Il se tenait désormais tout près d'elle et, à la lueur du crépuscule, avait des allures de guerrier du désert.

— Je te remercie pour ce conseil, mais je suppose qu'il y a des auvents à l'hôtel.

Il lui avait dit qu'elle séjournerait au Lulua et, ayant

consulté le site pendant le vol, elle savait qu'elle n'avait rien à craindre. Les luxueuses suites étaient toutes nanties d'une terrasse privée et il y avait dans le jardin une grande piscine à débordement.

Il la dévisagea, songeur.

— Si tu le dis…

D'un geste de la main, il l'invita à passer devant lui. Sur la piste en contrebas était garée une limousine, entourée de trois SUV, tous dotés de vitres teintées. Quatre hommes vêtus de costumes sombres et coiffés de la traditionnelle *ghutra* se tenaient à un mètre des véhicules, près de la portière du côté conducteur. Deux autres hommes à la carrure d'athlète étaient postés de part et d'autre de la limousine, scrutant la piste qu'ils balayaient très lentement du regard.

Elle se figea et retint son souffle, comme un animal sentant un piège. Elle avait grandi dans une famille riche, mais dans la propriété de son père, le service de sécurité avait toujours été discret. À New York, Omar avait, lui, opté pour une présence plus évidente. Rien de comparable cependant à la mise en scène théâtrale qui les attendait ici.

— C'est mon père qui a décidé d'envoyer cette équipe, déclara-t-il d'un ton paisible. C'est un peu exagéré, j'en conviens, mais ça lui plaît.

Ce qui, en d'autres termes, signifiait que les souhaits de Rashid al-Majid prévaudraient sur tout le reste. « Tel père, tel fils », songea-t-elle tandis qu'ils traversaient la piste pour rejoindre les voitures.

Il régnait dans la limousine une délicieuse fraîcheur que Delphi apprécia tout particulièrement, après ces quelques minutes passées dans une chaleur étouffante. Lorsqu'ils furent installés dans le véhicule, Omar se pencha en avant et donna au chauffeur quelques instructions en arabe. Et malgré la situation pour le moins particulière dans laquelle elle se trouvait, Delphi ne put s'empêcher d'admirer l'aisance avec laquelle il jonglait avec les langues. Après avoir elle-même passé un été en Argentine à travailler dans un haras, elle se débrouillait en espagnol, mais n'avait certainement pas le niveau d'Omar. Un niveau élevé, qu'il avait aussi dans d'autres langues. Pour des motifs professionnels, lui avait-il dit.

Elle pinça les lèvres. Évidemment ! Quelle autre raison aurait-il pu évoquer ?

Si la plupart des gens travaillaient pour vivre, Omar, lui, vivait pour travailler. Et même quand il ne travaillait pas – ce qui se produisait rarement –, il avait l'esprit occupé par ses affaires, les contrats en cours. Il était bien probable que, dans ses rêves, il poursuive des P-DG de bureau en bureau, tout comme les chiens rêvaient sans doute qu'ils se lançaient à la poursuite de lapins, dans les bois.

Ses rêves à elle étaient différents. Confus et déroutants, à tel point qu'au réveil elle se sentait plus anxieuse encore, plus indécise. Ses pensées s'orientèrent sur le moment où elle avait décidé de partir se recueillir sur la tombe de ses parents. C'était sa première visite en Angleterre depuis leurs obsèques. Par le passé, elle avait toujours trouvé un motif pour contourner ce qui, elle le savait, serait une épreuve de taille. Cela n'avait pas été difficile : les raisons ne manquaient pas. Elles avaient aussi surgi cette fois-ci, mais elle avait découvert qu'elle était enceinte et y avait vu un signe du destin : l'heure de se rendre à ce cimetière avait réellement sonné. Il était temps de concilier le passé avec un avenir qu'elle avait cru ne jamais avoir.

Elle cligna des paupières, éblouie par les phares des voitures qui roulaient en sens inverse. Elle n'avait pas parlé à Omar de sa grossesse. Il était parti en voyage d'affaires, tout en sachant que le projet de Delphi revêtait à ses yeux une importance capitale. Il lui avait maintes fois répété qu'il serait à ses côtés, qu'il la soutiendrait, qu'elle pouvait lui faire confiance. Et elle lui avait donc accordé sa confiance. Comme une idiote, elle avait cru qu'il tiendrait parole.

Mais au moment où il devait la rejoindre, un prétendu impératif professionnel avait surgi et il avait décidé que c'était là le plus important. Comme toujours, son travail l'avait emporté sur sa vie privée. Elle avait alors réellement compris qu'elle n'occuperait jamais la première place dans son existence et ça avait été le début de la fin.

— Voici le Burj Khalifa.

La voix d'Omar venait de résonner dans la limousine, couvrant le ronronnement du moteur et interrompant le cours de ses pensées. Elle se tourna vers la fenêtre pour observer le paysage. En général, les grands bâtiments ne la surprenaient pas outre mesure – il y avait tant de choses étonnantes de par le monde. La vue de la flèche de métal aiguisée, semblable à une aiguille illuminée, la laissa cependant sans voix. Elle paraissait percer le ciel désormais bleu foncé et atteindre les étoiles.

— Oh… impressionnant ! souffla-t-elle, les yeux arrondis. J'en avais vu des photos, mais la réalité est bien plus extraordinaire encore.

Inclinant la tête de côté, elle garda les yeux rivés sur ce spectacle époustouflant. Et soudain, les fenêtres éclairées de la tour lui rappelèrent le clavier de l'ordinateur d'Omar, lorsqu'elle se réveillait dans la nuit et le trouvait en train de travailler dans l'obscurité, à côté d'elle. Il n'était ni entrepreneur ni architecte, mais son objectif était tout aussi concret et elle ne doutait pas qu'il parvienne un jour à créer le plus grand empire médiatique au monde. Comment pourrait-il en être autrement, alors qu'il était doué dans ce domaine et y consacrait en prime le plus clair de son temps ?

Mais elle s'en moquait bien, désormais. Sitôt ce week-end terminé, elle ne se sentirait nullement concernée par l'obsession d'Omar. À présent elle devait se concentrer sur les vingt-quatre heures à venir, rien de plus.

Cesse donc de penser à ton futur ex-mari. Reste polie

tout en gardant tes distances. Et surtout, surtout, évite de replonger dans le passé.

Elle s'éclaircit la voix avant de reprendre la parole.

— Difficile d'imaginer qu'il n'y ait eu là qu'un désert, autrefois.

— Le désert est toujours là, dit-il, lui aussi tourné vers la vitre. À l'extérieur de la ville, il s'étend sur des centaines de milliers de kilomètres. Il y a deux cents ans, tout ce que tu vois là était recouvert de sable. Les tribus qui se sont installées dans la région voulaient rester près de la côte. Elles pêchaient et avaient établi des rapports commerciaux avec leurs voisins. Et puis, elles ont commencé à plonger pour chercher des perles.

— Des perles ? répéta-t-elle, plus intéressée qu'elle ne l'aurait voulu par ces détails.

Il acquiesça.

— Des perles d'eau salée. Mais elles ont trouvé quelque chose de plus précieux encore : de l'or.

La limousine commença à ralentir. Quelques secondes plus tard, elle s'arrêtait. Avant que Delphi comprenne qu'ils étaient arrivés, sa portière s'ouvrit et elle sortit dans l'air chaud de la nuit.

— Par ici, dit Omar, qui l'avait rejointe.

Flanqués des deux gardes du corps au visage impassible qui les attendaient à l'aéroport, ils se dirigèrent vers une entrée discrète où se tenait un portier en uniforme. Puis ils traversèrent un long couloir au sol marbré, où régnait une exquise fraîcheur, et entrèrent dans un ascenseur. Lorsque les portes se refermèrent, elle s'aperçut que les gardes du corps avaient disparu et sentit les battements de son cœur s'accélérer.

Depuis la visite surprise d'Omar à l'hôpital de l'Idaho, c'était la première fois qu'ils se retrouvaient en tête à tête. Et ce, dans l'espace assez restreint de cette cabine, où quelques centimètres à peine les séparaient. Il lui suffirait de lever le visage vers lui pour que leurs lèvres se frôlent ou presque. Ce fut ce moment précis qu'il choisit pour poser son regard sur elle et elle sentit ses joues s'enflammer. Il fallait qu'elle mette un peu plus de distance entre eux, mais elle n'osait pas bouger.

— Je ne savais pas qu'on avait trouvé de l'or dans cette région, observa-t-elle, saisissant en toute hâte ce sujet impersonnel pour rompre le silence qui se faisait pesant.

Pourrait-il percevoir derrière cette remarque banale toute la tension qui l'habitait ? Était-il à même de saisir le trouble que provoquait en elle cette situation pour le moins imprévue ? Difficile de le savoir, mais connaissant Omar comme elle le connaissait, ce n'était pas impossible. Et cette éventualité ne faisait qu'accroître la sensation de malaise qui s'était emparée d'elle.

— Je parlais d'or noir, précisa-t-il. De pétrole. Les gens du coin sont tous devenus très riches en peu de temps, et désormais cette ville est celle des superlatifs : le plus grand, le plus gros, le plus rapide…

Il tendit la main vers l'écran du tableau et l'ascenseur se mit aussitôt en mouvement.

Si Delphi ne souffla mot, elle n'en pensait pas moins. Voilà donc d'où tenait Omar ce besoin de toujours sortir vainqueur. Voilà pourquoi il se sentait ici chez lui. Il avait les yeux les plus noirs, la bouche la plus sensuelle, il était le meilleur des amants, le plus passionné…

Elle se rappelait leur premier baiser, échangé au ranch de son père. Elle avait alors une envie folle qu'il l'embrasse, tout en redoutant ce moment. Et lorsqu'il l'avait prise dans ses bras, et que leurs bouches s'étaient jointes, elle avait été envahie par une foule d'émotions, d'une puissance qu'elle n'aurait jamais imaginée.

L'effet qu'il produisait sur elle était dangereux. Près de lui, elle perdait possession de ses moyens et n'en était que trop consciente. Par sa seule présence, ce superbe spécimen masculin parvenait à réduire à néant ses décisions. La veille encore, elle n'avait pu que le constater quand il l'avait embrassée.

Elle détourna en toute hâte le regard, détestant l'emprise qu'il avait encore sur elle, envers et contre tout. Et ce, malgré ce qui s'était produit à Londres ! Comment était-ce possible qu'elle oublie le moment cauchemardesque vécu dans cette salle de bains, à perdre le bébé dont elle venait tout juste d'apprendre l'existence ?

D'instinct, elle porta la main à son ventre.

Elle ne savait toujours pas ce qui l'avait poussée à faire un test de grossesse. Sans le test, elle aurait sans doute attribué cet événement à un retard de règles avec effets secondaires assez marqués. Qui sait, cela aurait peut-être même été préférable. Elle n'aurait toutefois jamais vécu ces quelques brèves journées d'espoir, d'émerveillement.

Par la suite, elle avait regretté de ne pas avoir informé Omar de cette grossesse. Mais il était alors trop tard, cela se serait avéré trop compliqué, trop dévastateur. Et aussi, hors sujet. Tout ce qu'elle avait prévu de dire s'était retrouvé englouti par la colère et la douleur.

À ce stade de ses pensées, elle ressentit un petit pincement au cœur et fut gagnée par la culpabilité. Elle aurait sûrement dû l'informer de ce qui s'était produit… Mais à quoi bon y penser maintenant ? Le lendemain à cette heure, Omar ne ferait plus partie de sa vie. Mieux valait donc concentrer son énergie sur l'épreuve qui l'attendait à présent.

L'ascenseur s'arrêta et les portes s'ouvrirent sur un bel intérieur, lui aussi en marbre. À quelques mètres de l'ascenseur, quatre femmes vêtues d'uniformes noirs et un homme de haute taille portant un costume sombre étaient postés.

— *As-salam alaykum*, dit ce dernier en inclinant la tête.

— *Wa'alaykum as-salam.*

Delphi plaqua un sourire sur son visage et regarda autour d'elle.

— Samir, voici ma femme, Delphi Sayeda.

Tourné vers elle, Omar ajouta :

— Samir dirige le personnel de la maison.

— Bienvenue chez vous, monsieur, madame. J'espère que vous avez fait bon voyage.

En entendant ces mots, Delphi s'était raidie. « Bienvenue chez vous » ? Avait-elle bien entendu ? Peut-être s'agissait-il là d'une expression banale.

De toute évidence, Omar saisit sur-le-champ la surprise que trahissaient ses traits et adressa aussitôt quelques phrases en arabe au dénommé Samir, qui s'inclina à nouveau et s'éloigna, suivi des quatre femmes.

Dès qu'ils furent hors de portée d'oreille, Delphi se tourna vers Omar, un sourcil levé.

— Que se passe-t-il ? Tu m'avais bien dit que je logerais à l'hôtel, n'est-ce pas ?

Il passa devant elle sans lui répondre. Elle hésita à le suivre puis, déconcertée, finit par lui emboîter le pas. Avait-elle le choix ? Les traits tendus, elle continua d'avancer derrière lui, traversant, sans y prêter grande attention, une grande salle richement décorée, qui conduisait à un immense salon.

Omar s'arrêta et se tourna vers elle.

— Je t'ai dit que tu logerais au Lulua. Et *nous sommes* au Lulua.

Elle le dévisagea, à la fois furieuse et incapable de lutter contre l'attrait qu'il exerçait sur elle – ce qui la rendait d'autant plus furieuse. Après ce long vol, et malgré la tension qui régnait entre eux, il paraissait parfaitement serein.

— Il y a deux parties dans ce complexe. L'hôtel voisin, et des appartements privés.

— Et… où vas-*tu* loger ? demanda-t-elle.

Il esquissa un sourire. Cette moue sarcastique ne laissait présager rien de bon, et la réponse qu'il lui adressa ne la surprit pas.

— Quelle question ! Ici, bien sûr.

La tête penchée en arrière, il étira les épaules, comme s'il venait de regagner le domicile conjugal après une longue journée de travail. Si ce n'est qu'elle ne l'avait jamais vu se livrer à ce genre de petit manège, songea-t-elle avec hargne, puisqu'elle avait cessé d'attendre son retour après une semaine à peine de vie commune. Elle avait préféré aller se coucher seule.

— Ce « bien sûr » ne me semble pas du tout adapté à la situation ! lança-t-elle, incapable de dissimuler sa colère.

Une colère à laquelle se mêlait la crainte de ce qui se profilait à l'horizon. Elle n'avait pas la moindre envie de se retrouver seule avec Omar dans un « appartement privé ».

— Je ne comprends pas pourquoi tu t'énerves, rétorqua-t-il, arquant un sourcil. L'appartement en question est un triplex, nous aurons rarement l'occasion de nous y croiser. Il s'agit d'un endroit tranquille qui dispose d'une salle de sport, d'un sauna et d'une piscine. Il y a même une salle de cinéma.

La réponse de Delphi ne tarda pas.

— Je me moque éperdument de toutes ces installations ! Ce que tu es en train de me présenter ne correspond pas à ce que j'ai accepté, voilà tout.

Lorsqu'elle avait consenti à le suivre – lui avait-il vraiment laissé le choix ? –, elle était convaincue de loger dans un hôtel, un établissement neutre, occupé par des gens qu'elle ne connaissait pas. Or un espace qu'elle partagerait avec Omar ne pourrait jamais l'être, neutre.

— En acceptant, Delphi, déclara-t-il sans la quitter du regard, tu t'es engagée à renoncer au « je » pour le remplacer par un « nous ». Ce sera la règle d'or pendant ton séjour à Dubaï, ne l'oublie pas.

Son regard semblait plus sombre encore, mais elle ne se laissa pas impressionner pour autant.

— Je préfère rester à l'hôtel, insista-t-elle.

Partager un appartement avec Omar, ne seraient-ce

que quelques heures, raviverait certains souvenirs d'une époque où elle croyait qu'il l'aimait, et elle n'y tenait pas. De plus, elle avait besoin de solitude, de tranquillité, pour se préparer du mieux possible à l'épreuve qui l'attendait.

— L'hôtel est complet.

— Eh bien, j'irai dans un autre hôtel.

Il serra les mâchoires.

— C'est impossible.

— Ne dis pas de bêtises, Omar. Ils ne peuvent pas tous être complets.

— Probablement pas, en effet, lui répondit-il d'un ton cassant. Mais ça ne me paraît pas très convenable.

Elle le dévisagea, décontenancée par sa réponse.

— Qu'une femme séjourne seule dans un établissement hôtelier ?

— Dans ce contexte, tu n'es pas une femme quelconque, mais *ma* femme, Delphi, et la belle-fille de Rashid al-Majid. Donc mieux vaut éviter ce genre de situation. D'autant plus que nous disposons d'un appartement très agréable, rien que pour nous. Il est charmant, n'est-ce pas ?

Ne comprenait-il donc pas l'impact qu'avait sur elle cette situation ? Ni combien il lui en coûtait de devoir jouer le rôle d'épouse amoureuse devant toute sa famille ?

— Tu veux vraiment que je te réponde, Omar ?

— Oui. Et ça ne me déplairait pas que nous abordions ensemble certains sujets, ce qui est d'usage dans tout couple normalement constitué. Mais, comme nous le savons toi et moi, il est plus simple de puiser de l'eau dans le désert que de te faire parler de toi !

— C'est faux, rétorqua-t-elle, les traits tendus. Et injuste.

— *Injuste ?* Si mes souvenirs sont bons, tu es partie sans la moindre explication, sans laisser d'adresse. Tu trouves ça normal ?

Elle eut l'impression que sa respiration se bloquait dans sa poitrine et détourna le regard. Quitter le domicile conjugal avait été pour elle une question de survie. À cet instant précis, elle brûlait d'envie de lui dire toute la vérité… Mais où cela la mènerait-il ? Elle ne le savait que trop. Cela la conduirait dans le passé, là où elle ne voulait surtout pas retourner.

Refoulant à grand-peine la rage qui montait en elle, elle inspira lentement avant de répondre, avec un calme qui la surprit elle-même :

— Je ne suis pas venue ici pour parler de notre mariage, Omar, mais pour assister à l'anniversaire de ton père.

— Tu veux parler de la fête que tu avais totalement oubliée ?

Ces mots eurent pour effet d'accentuer sa colère. Omar avait une façon de tout déformer qui était insupportable. Dans son univers, il ne se trompait jamais, lui. C'était donc *elle* qui avait tort de ne pas s'ouvrir davantage à lui. Tort de ne pas accepter que sa vie professionnelle l'emporte largement sur sa vie privée. Tort de ne pas avoir accepté ses excuses, de ne pas avoir su lui accorder son pardon. Et à présent il lui reprochait de ne pas s'être rappelé l'anniversaire de son père.

— J'ai oublié une fête d'anniversaire, oui. Toi, tu as oublié que tu avais une femme ! asséna-t-elle.

— Ah, non, tu ne vas pas recommencer !

— Si !

Ils se dévisagèrent quelques instants en silence et elle devina qu'il lui en coûtait de contrôler sa fureur.

— Je suppose que tu fais allusion aux heures que je consacre à mon travail ? Tu le savais quand tu m'as épousé, Delphi ! Je dirige une entreprise internationale, ce qui implique que je suis responsable de milliers de personnes. Par conséquent, je travaille tard le soir et je voyage souvent. Pour en revenir au sujet de Londres et, au risque de me répéter, je te dirai que je ne t'ai pas oubliée. *Tu* as changé tes projets. À deux reprises. Et j'ai compris pourquoi : parce que tu avais besoin de temps pour mettre un peu d'ordre dans ta tête. Toi en revanche, tu ne t'es certainement pas montrée aussi conciliante à mon égard. Tu as refusé de comprendre pourquoi il m'était impossible de modifier mes projets. À vrai dire, tu n'as même pas cherché à savoir ce qui m'empêchait de te rejoindre. Comme toujours, tu as détourné mes propos, en ajoutant au passage quelques obstacles entre nous !

À sa façon de s'exprimer, elle percevait sans aucun mal sa frustration. Mais cette période de sa vie avait été pour elle très particulière. Ce retour en Angleterre représentait tant de choses difficiles à surmonter… C'était là qu'elle était née. Là aussi qu'elle avait tant souffert. Comme si cela ne suffisait pas, c'était également à Londres qu'elle avait perdu son bébé.

Elle se mordit les lèvres, furieuse d'avoir remué ces souvenirs, d'avoir rouvert cette plaie encore toute fraîche.

— Il n'y avait rien à comprendre, répliqua-t-elle sèchement. Rien. Tu te rendais à une réunion d'affaires – une de plus ! –, voilà tout.

— Il s'agissait d'un événement exceptionnel. Si je ne m'étais pas entretenu ce jour-là avec Bob Maclean, un autre l'aurait fait à ma place, et j'aurais raté l'occasion de remporter ce marché.

Elle serra les poings si fort qu'elle sentit les ongles pénétrer dans sa peau. Cet homme était impossible ! Entêté, suffisant, borné. Comment avait-elle pu lui permettre de l'embrasser ? Pis encore, comment était-ce possible que cette étreinte lui ait apporté autant de plaisir ? Au point d'oublier sur-le-champ les motifs qui l'avaient poussée à le quitter.

Redressant le menton, elle le défia du regard.

— Ça aurait été ennuyeux, certes, mais je pense que tu t'en serais remis.

— Sache que ma démarche n'avait rien d'égoïste. Je

voulais remporter ce marché *pour nous*. Pour assurer notre avenir.

Ces mots firent à Delphi l'effet d'un coup au creux de l'estomac.

— Nous n'avons pas d'avenir, Omar. Nous n'avons qu'un passé, bref et pas spécialement heureux, ajouté à un présent pour le moins problématique.

— Qu'attendais-tu, au juste ? Que notre mariage soit une longue lune de miel ?

Une fois de plus, c'était *elle*, la coupable.

— Une « longue » lune de miel ? Voyons, combien de temps a duré la nôtre ? Combien de jours sommes-nous restés à Maui ? Deux ?

— Trois, rectifia-t-il d'un ton brusque. Et je me rappelle t'avoir présenté mes excuses. Tout comme je me suis excusé de ne pas t'avoir accompagnée à Londres. Je me demande ce que j'aurais pu faire d'autre.

C'était bien ça, le problème, songea-t-elle, face à son air arrogant. Avec ses costumes taillés sur mesure et son diplôme de l'université de Harvard, Omar al-Majid avait de lui l'image d'un homme évolué. Mais en termes de relations, son comportement n'aurait pas déparé dans un feuilleton des années 1950. De son point de vue, le fait de présenter des excuses suffisait à tout effacer. La page était tournée, on passait à autre chose. Si Delphi n'était pas capable de l'admettre, elle seule était à l'origine du problème.

Elle eut alors l'impression qu'un poids s'abattait sur ses épaules. Pour la énième fois depuis leur mariage, elle se sentit envahie par la tristesse, par un profond sentiment de défaite. Elle se sentit aussi vide. Et vulnérable.

Et très seule.

Voilà ce qui se produisait quand on comptait sur quelqu'un pour vous rendre heureuse. Quand on s'imaginait que le fait d'aimer ce quelqu'un suffisait pour qu'il vous aime en retour. On attendait tout de lui et on n'obtenait rien. Rien, excepté de la souffrance.

Cette expérience, elle l'avait vécue à plusieurs reprises, dans des registres différents. À la mort de ses parents, ses tantes s'étaient battues comme des hyènes pour récupérer un os – si ce n'est que l'os en question avait été son fonds fiduciaire. Plus tard, ses camarades de classe et leurs mères s'étaient montrées attentionnées envers elle, lui avaient paru inquiètes… Jusqu'à ce qu'elle lise en ligne des commentaires anonymes peu élogieux, dans lesquels elle s'était reconnue.

À la suite de ces mauvaises expériences, elle s'était longtemps tenue à l'écart des gens qu'elle rencontrait. Raison pour laquelle elle avait choisi de travailler auprès de chevaux plutôt que d'êtres humains. Et puis le destin avait placé Omar al-Majid sur sa route et elle n'avait plus trouvé en elle la force de garder ses distances. Elle avait accepté d'avoir besoin de lui, lui avait accordé sa confiance…

Cela ne se reproduirait plus. Plus jamais.

Elle sentait monter en elle cette même apathie qui l'avait envahie à son retour d'Angleterre. Ce n'était pas de la fatigue, juste un désir de se réfugier sous une couette et de ne plus en bouger. À quoi bon poursuivre cette discussion ? Il ne comprendrait jamais ce qu'il avait fait. Ce qu'il avait détruit.

— D'accord, dit-elle dans un souffle. Tu as gagné. Je reste ici… *avec toi.*

Elle remarqua que l'expression de son visage semblait soudain moins rigide. Mais elle l'imaginait sans aucun mal planifier déjà la stratégie qu'il utiliserait pour la bataille suivante.

— Bien. Parce que tu n'y as peut-être pas prêté attention, mais, depuis notre départ, tout le monde te traite avec le respect et la considération dus à mon épouse. Donc, tu pourrais faire un effort jusqu'à la fin de ton séjour pour ne pas accorder une importance démesurée au moindre détail et te montrer agréable à mon égard comme à celui de toutes les personnes que tu croiseras.

Avait-elle bien entendu ?

— Qu'entends-tu par « me montrer agréable à ton égard » ? demanda-t-elle.

— Je te rappelle qu'il y a six semaines à peine, nous ne partagions pas seulement un espace de vie, mais aussi un lit ! Tu l'as peut-être oublié ?

Certainement pas. Les mots qu'il venait de prononcer résonnaient dans sa tête et les souvenirs qu'ils évoquaient semblaient emplir la pièce, tournoyer autour d'elle. Tous les muscles de son corps se tendirent tandis qu'elle se rappelait leurs baisers fougueux, leurs étreintes folles. Chassant en toute hâte de son esprit les images de leurs corps enlacés, elle parvint à poser sur lui un regard froid.

— Il est hors de question que je partage ton lit. Pas plus ce soir qu'un autre soir.

Ces mots furent suivis d'un long silence et la tension qui régnait autour d'eux s'intensifia.

— Ça ne me pose aucun problème, répliqua-t-il, d'une voix calme.

Calme que démentait cependant l'éclat de ses prunelles.

— Vu la façon dont tu as agi, reprit-il, crois-tu vraiment que je souhaiterais t'avoir toute la nuit à mes côtés ? Mets-toi bien ceci dans la tête, Delphi : je ne suis pas venu te chercher à l'hôpital afin de reprendre notre relation comme si de rien n'était. Au cas où je n'aurais pas été assez clair, je t'ai demandé de m'accompagner dans un but bien précis. Je tiens à ce que tu assistes à cette fête familiale essentiellement pour mon père. Quand elle sera terminée, nous pourrons apposer le mot « fin » à notre histoire.

Saisie par l'hostilité qu'elle percevait dans sa voix, elle recula d'un pas. Son attitude la heurtait bien plus qu'elle ne l'aurait imaginé, mais elle se garderait bien de le lui montrer, et plus encore de lui en parler. C'en était fini, elle ne partagerait plus le moindre secret avec cet homme.

— Nous voici enfin d'accord sur un point ! s'exclama-t-elle, s'efforçant de ne rien trahir du mal-être qui s'emparait d'elle. Maintenant, si ça ne t'ennuie pas, pourrais-tu me dire où se trouve ma chambre ?

4.

Elle était impossible. Vraiment impossible.

Tout en pénétrant dans sa propre chambre – la chambre principale de l'appartement –, Omar lâcha un torrent de jurons. Ce fut au prix d'un effort surhumain qu'il résista à la tentation de claquer la porte. Car, honnêtement, après les provocations qu'il avait endurées, une furieuse envie de détruire son logement de ses propres mains l'avait saisi. Frustré à l'extrême, furieux, il se sentait même capable de raser toute la ville ou de la réduire en cendres.

Debout devant la porte-fenêtre, il se força à inspirer profondément pour ralentir les battements de son cœur.

Dehors, la lune, comme suspendue dans le ciel sombre, attira son regard. Rasséréné par le calme environnant, il ouvrit silencieusement la porte du balcon et prit place sur la terrasse. L'air chaud, beaucoup plus chaud qu'à l'intérieur de l'appartement, lui caressa le visage. Enfin, loin de Delphi, il retrouvait une certaine sérénité.

Il avait acquis cet appartement environ trois ans auparavant et y avait séjourné sept ou huit fois seulement. Jamais il n'avait pris la peine d'admirer la vue comme il le faisait à cet instant précis. L'immensité de la mer et du ciel sombre offrait un havre de paix et de tranquillité. Exactement ce dont il avait besoin après les propos acerbes échangés avec Delphi qui n'avait eu de cesse de contrer chacune de ses suggestions. Il savait désormais qu'il allait devoir déployer des efforts surhumains pour garder son calme.

Un rictus amer se dessina au coin de ses lèvres.

Plus facile à dire qu'à faire.

Six semaines auparavant, à son retour du travail, en découvrant la fuite de Delphi, il avait éprouvé d'abord de l'incrédulité, puis de la colère. De quel droit réduisait-elle ainsi leur mariage à néant ? Elle avait disparu comme si leur histoire ne représentait qu'une aventure sans lendemain, rompant la promesse de s'aimer l'un l'autre jusqu'à ce que la mort les sépare.

À ce souvenir, il sentit ses épaules de raidir.

La fugue de Delphi lui avait plus que brisé le cœur. Le choc ressenti en traversant l'appartement déserté lui avait rappelé de sombres souvenirs…

Jusqu'à ce qu'il rencontre celle qui allait devenir sa femme, ses propriétés ne représentaient à ses yeux que des biens dont la valeur augmenterait avec les années. Son travail occupait tout son temps, brûlait toute son énergie. Il avait perdu le compte de ses nuits blanches. Cet épuisement physique et mental ne comptait pas puisqu'il poursuivait un but précis : développer un empire de ses propres mains et obtenir enfin l'attention de son père.

Et si Delphi s'était comportée en digne épouse comme elle l'avait promis, elle aurait partagé cette réussite avec lui. Mais au lieu de lui apporter tout son soutien, elle avait agi comme une enfant capricieuse, lui opposant un silence pesant chaque fois qu'il rentrait tard de son travail ou prenait un appel pendant le dîner.

Les jours et les nuits qui avaient suivi son départ, sa fureur s'était muée en désir de revanche. Maintes fois, il avait imaginé la scène de leurs retrouvailles, scène au cours de laquelle il lui aurait arraché des explications sur son comportement.

Par la suite, il s'était souvenu de la fête d'anniversaire de son père et avait renoncé à son funeste projet. Il devait à tout prix s'assurer de la présence de Delphi à ces réjouissances.

Il savait comment retrouver sa trace. Il fallait seulement que la chance l'aide dans son entreprise.

Et la chance avait bel et bien été au rendez-vous.

Après avoir raccroché au nez de l'homme qui l'avait informé de l'accident dont Delphi avait été victime, il s'était promis de demeurer calme et détaché. Hélas, cette ferme résolution s'était retrouvée réduite à néant quand il avait écarté les rideaux aux urgences de l'hôpital. Dès le premier regard échangé avec Delphi, il avait lu dans ses yeux toute la méfiance que sa présence lui inspirait. Une intransigeance qui l'avait poussé à vouloir l'emporter dans ce duel.

Et il avait gagné.

Elle se trouvait à présent à Dubaï.

Mais cette victoire lui laissait un goût amer. Il venait de commettre la même folie que celle qui l'avait poussé à la séduire alors même que la famille de Delphi avait tenté de l'en dissuader.

— Je vous aime beaucoup, Omar, lui avait dit Dan, le beau-père de Delphi. Vous travaillez dur et êtes intelligent. Je suis sûr que nombreuses sont les femmes attirées par vous.

En effet, les candidates ne manquaient pas, mais il ne l'aurait jamais exprimé à haute voix devant Dan. Il ne l'avait pas nié non plus. À quoi bon ? Depuis l'adolescence, toutes les femmes se jetaient à son cou.

Toutes, sauf Delphi.

— Les autres femmes ne comptent pas, Dan, avait-il répondu avec l'arrogance dont témoignent en général les séducteurs. C'est votre fille qui m'intéresse.

— Je la connais bien. Elle n'accorde pas facilement sa confiance. Elle ne cédera pas tant qu'elle ne se sentira pas en sécurité.

Omar n'avait pas tardé à s'en rendre compte. Delphi se montrait froide et distance à l'égard des étrangers. Experte en maîtrise de soi, elle gardait ses émotions sous contrôle.

Jamais Omar n'avait fourni autant d'efforts pour comprendre qui que ce soit.

Il lui avait fallu trois mois pour que cèdent enfin les barrières qu'elle avait érigées autour d'elle. Trois mois d'efforts acharnés à l'issue desquels elle avait cessé de fuir et s'était un peu ouverte à lui. Il avait ensuite compris les raisons pour lesquelles elle avait tant de mal à lui accorder sa confiance. La vie et la mort de ses parents l'avaient transformée en une cible de choix pour toutes sortes de personnes sans scrupule. Sans l'intervention de Dan, qui sait ce qui lui serait arrivé ?

Personne mieux que Delphi n'avait conscience de cette réalité. La persuader de lui faire confiance s'était avéré pour Omar une tâche herculéenne.

Mais il avait atteint son but.

En l'observant avec ses chevaux, il avait constaté qu'elle leur permettait d'opérer des choix, d'adopter le rythme qui leur convenait le mieux. La patience dont elle faisait preuve pour les laisser venir à elle l'avait éclairé sur le comportement qu'il devait adopter. Comme elle avec ses chevaux, il avait observé, patienté, retenu son souffle…

Lorsqu'il lui avait passé la bague au doigt à Vegas, il avait cru – espéré – avoir accompli sa mission.

Espoir déçu…

Elle n'avait jamais imaginé que leur idylle se prolongerait. Au contraire, elle était persuadée depuis le départ qu'Omar la laisserait tomber. C'était comme si elle avait attendu que survienne ce point de non-retour. Peut-être avait-elle accepté de se marier avec lui, non pas par amour, mais pour prouver au bout du compte que cette relation était vouée à l'échec.

Pourquoi refuserait-elle sinon de lui donner – de se donner – une seconde chance ? Elle avait jugé cette possibilité inutile au point de le bannir de sa vie, sans aucune forme de procès.

Les doigts arrimés à la rambarde, il chassa cette sombre

pensée au profit d'une autre, plus agréable. Il se rappelait la manière dont elle s'était lovée contre lui dans l'Idaho…

Les semaines après son départ, il avait tenté d'imaginer une vie sans elle, de se convaincre qu'elle n'était qu'un fardeau, une charge impossible à porter. Mais ces quelques moments magiques avaient effacé tout cela. Alors qu'ils se tenaient tendrement enlacés, plus aucune barrière ne se dressait entre eux. Leurs deux corps s'étaient épousés, comme autrefois, et il aurait aimé que ce moment se prolonge à l'infini, mais le charme s'était vite évaporé.

Il passa une main sur son visage, comme pour effacer le souvenir des lèvres de Delphi contre les siennes.

Autrefois, il pensait posséder assez de force et de ténacité pour deux. Mais plus maintenant. Chercher à comprendre les méandres de l'esprit complexe dont Delphi était dotée lui apparaissait désormais comme une mission impossible.

Chassant la blessure que lui infligeait le souvenir de leur mariage raté, Omar leva les yeux vers la lune. Ici, à Dubaï et presque partout dans le monde arabe, la lune possédait une grande force symbolique, relatée dans de nombreux ouvrages. L'histoire qu'il préférait était celle que lui contait sa mère au sujet de ses ancêtres. Ceux-ci arpentaient les routes commerciales du désert uniquement la nuit et se servaient de la position de la lune et des étoiles pour se guider.

Comme il aurait aimé que la lune vienne à son secours et le guide au cours des vingt-quatre heures à venir ! Hélas, il était peu probable qu'elle lui apporte le moindre soutien, songea-t-il amèrement.

Avec un soupir las, il retira son T-shirt et revint dans la chambre.

Assise à l'arrière de la limousine qui les conduisait à la fête d'anniversaire, le regard rivé sur le ciel bleu assombri,

Delphi ressentait un profond malaise. Elle n'en comprenait pas la raison, étant donné que ce n'était pas la première mais la troisième fois qu'elle se retrouvait embarquée à contrecœur dans le véhicule de son mari. Cette fois, ils se rendaient à la résidence de son père, située dans la banlieue ultrachic de la ville.

Delphi s'apprêtait à rencontrer pour la première fois la famille d'Omar dans son intégralité.

La dernière aussi.

Son malaise s'expliquait probablement par la présence à ses côtés de ce mari qu'elle avait fui et qui portait aujourd'hui un *kandura* noir – la robe traditionnelle que revêtent les hommes dans les États du Golfe.

Jetant un regard dans sa direction, elle l'aperçut de profil, les yeux rivés sur l'écran de son téléphone portable. Elle sentit son pouls s'accélérer. En costume, il avait une élégance folle ; vêtu d'un *kandura*, il était sublime. Une tenue à la fois austère et majestueuse qui le rendait encore plus séduisant que d'ordinaire.

Baissant les yeux sur le téléphone qui semblait accaparer toute son attention, Delphi fronça les sourcils. Quoi qu'il fasse, où qu'il se trouve, Omar al-Majid traitait des affaires. Rien d'autre ne comptait à ses yeux.

Comme s'il avait perçu le regard insistant posé sur lui, Omar tourna la tête vers elle. Se sentant prise en faute, Delphi ne put s'empêcher de rougir. Elle avala péniblement sa salive et prit une profonde inspiration pour supporter l'examen dont elle faisait l'objet. Cet homme détenait le pouvoir de lire en elle comme personne. Pourquoi la rendait-il aussi nerveuse ?

Ils partageaient un moment d'intimité des plus étranges alors qu'ils ne s'étaient que très peu parlé de toute la journée. Réveillée au milieu de la matinée, Delphi avait pris une douche avant de s'habiller, puis avait visité l'appartement en compagnie de Samir. Comme Omar le lui avait indiqué, il s'agissait d'un logement bien conçu et très confortable.

Aucun signe de son mari durant toute la visite. Sauf un ordinateur portable demeuré ouvert sur une table à côté d'une tasse de café et d'un bol de dattes. Samir lui avait expliqué qu'Omar passait des appels importants.

Comme d'habitude, en quelque sorte, bien que cela ne la concerne plus. Sa présence en ce lieu poursuivait un seul but : faire acte de présence à la fête organisée par son beau-père.

Soudain, elle fut prise d'un léger tremblement et, dans l'espoir de calmer ses nerfs mis à rude épreuve, elle lissa les pans de sa jupe.

C'était Maha, la styliste choisie par Omar, qui avait conçu la tenue qu'elle portait. Elle était arrivée à la mi-journée, chargée de plusieurs robes, toutes plus magnifiques les unes que les autres, ainsi que de magnifiques sous-vêtements soyeux. Incapable de choisir, Delphi avait laissé la styliste la conseiller et lui en était profondément reconnaissante.

S'habiller pour une soirée ne figurait pas parmi ses habitudes. D'ordinaire, elle portait un jean, un T-shirt et des bottes. Pour se rendre au barbecue, il lui avait fallu emprunter à Ashley une robe et des sandales à hauts talons qui l'avaient mise à la torture tout le temps où elle les avait portées. Même le jour de son mariage, elle avait opté pour une tenue des plus discrètes, un tailleur en cachemire.

Baissant les yeux sur la robe qu'elle portait, elle dut se rendre à l'évidence, celle-ci n'avait rien de discret. Le bustier incrusté de paillettes dorées rehaussait une jupe vaporeuse conçue dans une superposition de tulles.

— Ne pensez-vous pas qu'il s'agit d'une tenue un peu trop voyante ? avait-elle demandé à Maha.

La styliste avait secoué vigoureusement la tête.

— Ce n'est pas parce que le code vestimentaire se veut discret qu'il faut paraître invisible, avait-elle répliqué en souriant. Je comprends votre inquiétude. Il s'agit de l'anniversaire de votre beau-père, qui est un homme très important. Mais les gens ici sont fiers de ce qu'ils sont et de ce qu'ils ont accompli. Ayez confiance en moi. Si tous les regards se portent sur vous, autant vous en réjouir.

En d'autres termes : impose-toi ou rentre chez toi.

S'imposer ne comptait pas parmi ses habitudes non plus. Quand elle était enfant, Dylan et Ianthe l'utilisaient comme un accessoire. Elle les accompagnait à des premières de cinéma, à des concerts. Une fois même dans une boîte de nuit, ce qui avait choqué les parents du monde entier.

Delphi n'aimait pas se retrouver au centre de l'attention. Elle détestait les flashs des appareils photo, les étrangers qui criaient son nom ou qui lui demandaient de sourire. Au moins, elle n'aurait pas à se préoccuper de cela lors de la fête. Le nom Al-Majid n'ouvrait pas seulement des portes, il en fermait aussi. La foule ne compterait aucun photographe ou curieux tendant le cou pour voir à quoi ressemblait aujourd'hui la fille orpheline de Ianthe Reynolds et Dylan Wright. Elle subirait seulement le regard arrogant de son mari.

— Qu'y a-t-il, Delphi ? lui demanda ce dernier. Aurais-tu quelque chose à me dire ?

Si tu savais, songea-t-elle en se mordant la lèvre inférieure. À quoi bon répondre à cette question, de toute façon ? D'ici vingt-quatre heures, Omar disparaîtrait de sa vie pour de bon.

Gardant à l'esprit cette échéance, elle haussa négligemment les épaules.

— Je me disais simplement qu'il est bien dommage que tu aies emporté ce téléphone. Mais le laisser chez toi t'aurait mis hors réseau, or jusqu'ici, y compris durant notre mariage, tu n'as jamais laissé personne interférer dans tes affaires. Pourquoi le quatre-vingt-dixième anniversaire de ton père changerait-il la donne ?

Elle se sentit frissonner sous le regard fixe de son mari.

— Je répondais à un message de ma sœur Jalila. Elle me disait qu'elle avait hâte de te rencontrer.

Le reproche contenu dans la voix d'Omar l'atteignit en plein cœur. Il semblait lui signifier que c'était sa faute si Jalila et elle ne s'étaient pas encore rencontrées. Pourtant, Omar ne l'avait jamais encouragée à tisser des liens avec sa famille.

Elle avait rencontré ses parents brièvement à New York, un mois après le mariage. Elle avait alors remarqué que sa mère, Maryam, était beaucoup plus jeune que son mari. Quant à Rashid, son père, elle l'avait trouvé froid et distant. Il lui avait donné l'impression de s'ennuyer ou d'être ailleurs, peut-être même les deux. Quoi qu'il en soit, la rencontre n'avait pas duré longtemps. Par ailleurs, elle n'avait croisé aucun des seize demi-frères et sœurs d'Omar. Elle n'en comprenait d'ailleurs toujours pas la raison.

Soudain, elle fut prise de nostalgie en songeant à sa propre famille. Ses frères, Ed, Scott et Will avaient accueilli chaleureusement Omar dans leurs foyers. Quant à elle, ils l'avaient encouragée à baisser la garde, à laisser libre cours à ses sentiments.

Son cœur se serra à l'idée de devoir leur annoncer que le divorce serait bientôt prononcé. Elle appréhendait encore plus la réaction de Dan. Même s'il lui avait apporté tout son amour et son soutien, elle savait qu'elle lui briserait le cœur.

Tout comme sa mère autrefois, Ianthe, qui l'avait quitté après quatorze ans de mariage.

— J'ai besoin que tu fasses quelque chose pour moi, intervint Omar, interrompant sa rêverie.

— Encore ? demanda-t-elle avec un soupir excédé.

— Oui, encore. Tant que notre divorce ne sera pas acté, tu demeures ma femme. C'est pourquoi, ce soir, pour des raisons que tu connais parfaitement, tu dois porter une alliance.

Il y eut un long silence, puis il lui tendit la main. Entre ses doigts, elle vit briller un anneau rutilant qui ressemblait en tout point à celui qu'Omar lui avait offert à Vegas et qu'elle gardait enfoui au fond de sa trousse de toilette.

Soudain, contre sa volonté, des images du passé surgirent dans sa mémoire. Elle se revit entrer dans la chapelle au bras d'Omar, l'homme qu'elle allait épouser.

À ce moment-là, tout lui avait semblé irréel, comme s'il s'agissait d'un rêve. Quand il lui avait passé la bague au doigt, elle avait ressenti une joie immense. Puis très vite, elle avait déchanté.

Elle avait compris que le bonheur n'était pas fait pour elle, que les fins heureuses ne survenaient que dans les rêves. Elle le savait depuis ses quatre ans, quand elle avait perdu ses deux parents. À Vegas, le regard rivé à celui de l'homme qui la contemplait avec des yeux de velours, elle s'était accrochée à son rêve tout en sachant qu'il ne durerait pas.

Elle avait eu raison de ne pas y croire.

Soudain, quand Omar se pencha en avant pour lui passer la bague au doigt, elle recula vivement dans son siège.

— Non, je la mettrai moi-même.

Elle ne voulait pas gâcher le souvenir de ce fameux jour à Vegas où elle avait cru au bonheur.

Ignorant les battements de son cœur, elle prit l'anneau et le glissa à son doigt. Il lui allait à la perfection, ce qui ajouta à son trouble. Il aurait mieux valu qu'il soit trop grand ou trop petit, songea-t-elle avec amertume.

Comme la limousine ralentissait et avançait au pas, Delphi jeta un coup d'œil par la vitre et aperçut un long escalier en marbre flanqué de part et d'autre d'hommes en costume sombre. Puis, quand la voiture s'arrêta, elle sentit son cœur battre follement dans sa poitrine. Les fêtes, les gens, les foules… l'angoisse la plus absolue, pour elle.

Si seulement, elle pouvait rester dans cette voiture.

Permettre à Omar de descendre puis regagner l'appartement – ou mieux encore, l'aéroport. Mais si elle agissait ainsi, jamais elle n'obtiendrait le divorce. Ou tout au moins, pas aussi vite et facilement qu'elle le souhaitait. Ce qui rendrait la situation encore plus pénible et douloureuse pour toutes les personnes concernées.

Il fallait absolument qu'elle traverse courageusement cette épreuve qui ne durerait que quelques heures, après quoi elle aurait rempli sa part du marché et pourrait quitter Dubaï pour ne plus jamais y revenir.

— Par ici, ma chérie, lui dit Omar en lui tendant la main.

Le ton doucereux de son mari l'agaça, mais elle le suivit docilement jusqu'au hall d'entrée gigantesque de ce qui ressemblait à un palais des Mille et Une Nuits. Une résidence aux antipodes du ranch de sa famille. Ce dernier, construit en rondins, s'étendait sur une surface de deux mille mètres carrés faiblement éclairés par des cheminées en pierre et était orné de canapés en cuir usé.

Ici, tout rutilait, des lustres en cristal poli aux sols couverts de marbre blanc. Les murs regorgeaient de toiles modernes et les meubles de bibelots antiques. Maha, la styliste, avait raison de dire qu'ici les gens étaient fiers de ce qu'ils étaient et de ce qu'ils avaient accompli.

— Tu es bien silencieuse, remarqua Omar. Songerais-tu à t'enfuir ? À gâcher toute ma mise en scène ?

Elle se mordit la lèvre pour ne pas sourire. Elle avait oublié cette facette de la personnalité d'Omar, celle qui l'amusait. Contrairement à ses deux parents, le rire ne lui venait pas aisément. Seul Omar était parvenu à la faire sortir de sa réserve autrefois. C'est pourquoi il incarnait autant d'importance à ses yeux. Il était le premier, le seul homme auquel elle avait offert son cœur.

Pendant un court instant, elle contempla le magnifique visage de son mari et se sentit gagnée par une vive émotion.

Détournant le regard, elle prit une profonde inspiration

pour chasser le trouble que produisait sur elle la proximité de cet homme envoûtant.

Une voix leur parvenait de derrière les murs. De la musique aussi. Douce, mélodieuse, rythmée. Elle lui rappela un moment magique à Vegas. Au petit matin de leur nuit de noces, Omar lui avait appris la danse traditionnelle arabe qu'on pratiquait lors des mariages. Ils avaient ri, dansé puis s'étaient abandonnés à nouveau à de torrides étreintes…

Comme ils s'apprêtaient à franchir deux énormes portes en bronze, Delphi chassa la nostalgie qui la gagnait et se concentra sur le présent.

— Pour m'enfuir, il faudrait d'abord que tu me lâches la main, finit-elle par répondre.

— Ah bon ? Je me souviens de situations où tu te débrouillais très bien sans te servir de tes mains.

Leurs regards restèrent rivés et Delphi sentit ses jambes flageoler. Elle avait très bien compris l'allusion d'Omar. Souvent, quand ils faisaient l'amour, son mari lui maintenait les poignets au-dessus de la tête tout en allant et venant en elle. Un ballet des plus sensuels auquel elle participait avec fougue jusqu'à ce que tous deux retombent épuisés dans les bras l'un de l'autre.

Parcourue de frissons, elle secoua la tête.

— Les choses ont changé. *J'ai* changé.

La musique leur parvenait plus nettement maintenant. Deux hommes s'avancèrent pour écarter les portes et leur livrer le passage vers ce qui ressemblait à une immense salle de bal.

Cette fois, impossible de reculer : Delphi se trouvait en plein cœur de la fête. C'est à peine si elle enregistra la hauteur vertigineuse du plafond ou les invités qui se tournaient vers eux pour les regarder. Prenant une profonde inspiration, elle voulut dégager sa main de celle d'Omar, mais il l'en empêcha.

— Si tu envisages de provoquer une scène, je te le déconseille vivement, lui dit-il d'un ton très calme.

Le cœur battant à tout rompre, elle affronta le regard de son mari.

— Je contrôle parfaitement mes émotions, merci.

Sa bouche s'étira en un semblant de sourire, mais ses yeux lançaient des éclairs.

— Alors, cela prouve que tu n'as absolument pas changé. Dans le cas contraire, notre mariage aurait peut-être survécu.

Delphi plissa les yeux quand un flash d'appareil-photo crépita à sa gauche.

— Ne t'en fais pas, la rassura Omar. Il s'agit d'un photographe privé. Mon père aime garder des souvenirs de nos fêtes familiales.

— Omar ! s'écria un homme de haute taille à la barbe grisonnante soigneusement taillée. Tu es arrivé, petit frère !

— Hamdan, dit Omar, je suis ravi de te retrouver.

En observant son mari, Delphi sentit sa gorge se contracter. Personne ne savait qu'elle se trouvait ici sous la contrainte. Mais Omar semblait particulièrement tendu. Son sourire crispé en témoignait.

— Et moi donc ! Promets-moi de ne pas attendre aussi longtemps la prochaine fois.

Il tapota l'épaule de son frère puis se tourna vers Delphi.

— Vous devez être Delphi, dit-il en inclinant la tête. Je suis Hamdan, le frère aîné d'Omar. Bienvenue, enfin, à Dubaï.

Delphi savait que tous les enfants issus des premiers mariages du père d'Omar étaient plus âgés que son mari, mais Hamdan l'était encore plus qu'elle ne l'imaginait.

Cachant sa surprise, elle lui sourit.

— Merci. Je suis ravie de vous rencontrer.

Au cours des heures qui suivirent, elle répéta cette phrase un nombre incalculable de fois. Puis, lorsqu'ils eurent salué une bonne partie de la fratrie, ils se frayèrent un chemin dans la foule pour rejoindre les parents d'Omar.

Delphi pensait que son mari recevrait un accueil des plus chaleureux puisqu'il était le seul parmi ses frères et sœurs à vivre loin du Moyen-Orient, mais Rashid se montra extrêmement réservé à l'égard de ce fils qu'il embrassa néanmoins avec tendresse.

De toute évidence, la famille représentait beaucoup pour les Al-Majid, songea Delphi avec une pointe de culpabilité. Comme sa mère avant elle, elle serait celle qui sèmerait le chaos en obligeant l'un des fils à accepter le divorce.

Le cœur battant, elle jeta un regard vers son mari. Pensait-il la même chose qu'elle ? Était-ce la raison pour laquelle la main qui serrait la sienne lui paraissait aussi rigide ? Soudain, une vague d'angoisse la submergea à l'idée de détruire cette famille. Malgré leurs différends, Omar ne méritait pas de souffrir.

Elle en était là de ses sombres pensées quand Hamdan se matérialisa à ses côtés.

— Vous ne m'en voudrez pas trop si je vous emprunte Omar quelques instants ? lui demanda-t-il avec un sourire d'excuse.

Elle secoua la tête puis regarda les deux frères se diriger vers l'autre extrémité de la pièce où un photographe prenait plusieurs clichés de leur père accompagné de toutes ses épouses. De telles pratiques avaient beau trouver toute leur légitimité dans ce pays, elles la mettaient toutefois mal à l'aise. Peut-être pourrait-elle trouver un endroit tranquille où se réfugier pendant le restant de la fête. Alors qu'elle tournait les talons pour partir à la recherche d'un coin isolé, une très belle femme vêtue d'une longue robe couleur grenade la fit sursauter quand elle se posta devant elle.

— Désolée, je ne voulais pas vous surprendre, s'excusa-t-elle avec un grand sourire. Je voulais juste vous dire que j'adore votre robe.

— Merci. J'aime beaucoup la couleur de la vôtre aussi.

Delphi ne bavardait pas aisément avec des étrangers, mais cette jeune femme lui paraissait des plus aimables.

— Je suis étonnée que Baba ait coupé court à un important voyage d'affaires pour fêter son anniversaire. Ah, au fait, je suis Jalila, la sœur d'Omar. La seule que vous n'ayez pas encore rencontrée.

Baba devait être leur père. Se pouvait-il qu'il travaille encore ?

Devant l'air étonné de Delphi, Jalila laissa échapper un petit rire.

— Nous sommes si nombreux dans cette fratrie qu'il doit vous paraître difficile de retenir tous nos noms.

— Je reconnais que je me suis sentie un peu perdue, admit Delphi en souriant.

La jeune femme qui se tenait devant elle, comme tous ses frères et sœurs, était dotée de très beaux traits. Elle partageait avec eux la même couleur de cheveux, le même teint lumineux, mais Jalila était celle qui ressemblait le plus à Omar.

— C'est tout à fait normal. Au fait, comment Hamdan vous a-t-il présenté la famille ? Par ordre alphabétique ou par tranche d'âge ?

Delphi hésita un court instant.

— Par tranche d'âge, je crois.

Jalila leva les yeux au ciel.

— Il procède ainsi pour empêcher Aisha et Ahmad de passer en premier ! Ah, les frères… franchement.

Delphi laissa échapper un petit rire.

— Je comprends parfaitement la situation. J'ai trois frères, je les adore, mais parfois ils sont pénibles.

— Bénissez votre chance. J'en ai neuf.

Elle se tut un instant, puis ébaucha un sourire timide.

— Vous avez épousé mon frère préféré et j'en suis ravie.

— Vraiment ?

— Je vais être franche avec vous. Aucun d'entre nous n'aurait imaginé qu'Omar se marierait ainsi, sur un coup de tête. Ou plus exactement par amour. Nous pensions qu'il gérerait son mariage comme il gère ses affaires : en procédant par élimination, en planifiant tout de manière très ordonnée. Mais il vous a rencontrée et a eu un véritable coup de foudre. Je suis sûre qu'il est fou de vous.

Muette, Delphi fixa la sœur d'Omar avec incrédulité. Assaillie par des émotions contradictoires, elle ne savait plus comment se comporter. La tête lui tournait, ses mains étaient devenues moites.

Consciente du trouble qui s'était emparé de Delphi, Jalila lui adressa un sourire contrit.

— Désolée de m'être montrée aussi directe. Je sais que nous nous connaissons à peine, mais je suis si heureuse qu'Omar ait trouvé l'amour. Il est riche et séduisant… mais tellement occupé par ses affaires que je craignais qu'il ne gâche sa vie en travaillant comme un forcené pour prouver sa valeur.

Prouver sa valeur ? Delphi écarquilla les yeux de stupeur. Prouver quoi ? À qui ?

Elle le chercha du regard dans la foule. Sa haute stature lui apparut aussitôt, pas seulement parce qu'il se tenait un peu en retrait, mais parce qu'il dépassait en taille la plupart des hommes. Il se tenait droit, la tête haute, et son sourire semblait destiné au photographe. Il ne donnait pas l'impression de devoir prouver quoi que ce soit à quiconque.

Jalila lui prit les mains et les serra entre les siennes.

— Parfois, il peut se comporter comme son pire ennemi, mais il vous a à ses côtés maintenant. Je vois bien aux regards qu'il porte sur vous combien il tient à vous. Il ferait n'importe quoi pour vous. Tout ce que vous avez à faire, c'est lui demander.

Soudain, c'en fut trop pour Delphi. Son sourire s'était évaporé.

Autrefois, Omar lui avait tenu à quelques mots près les mêmes propos, et elle l'avait cru. C'est pourquoi elle lui avait demandé de l'accompagner sur la tombe de ses parents, mais il l'avait laissée tomber, comme à de nombreuses autres occasions d'ailleurs. Londres avait représenté la défection de trop.

— C'est au tour des magiciens, maintenant, commenta Hamdan en consultant le programme des festivités sur son téléphone portable. Ensuite, les acrobates aériens et enfin, nous aurons droit à des feux d'artifice.

Omar hocha la tête, parce que c'était ce qu'on attendait de lui. Pour être parfaitement honnête, il avait eu sa dose de feux d'artifice au cours des quarante-huit dernières heures.

Mohammad, son deuxième frère plus âgé, fronça les sourcils.

— À moins que père ne décide de se retirer de bonne heure, auquel cas…

Silencieux, Omar observait son frère. Malgré le grand écart d'âge et le fait qu'ils soient tous nés d'une mère différente, il aimait ses demi-frères et sœurs. Toutefois, se retrouver parmi eux produisait toujours sur lui le même effet. Il se sentait étranger, banal, sans importance.

Et il en serait probablement toujours ainsi. Malgré sa position de P-DG d'un groupe mondial de médias, il demeurait le cadet, un ajout de dernière minute à un agenda déjà surchargé. Un intrus en quelque sorte.

Il jeta un œil vers l'endroit où se tenaient Rashid et ses épouses. Son regard bleu acier ne se fixait jamais sur rien de précis. Il faudrait bien plus que des magiciens et des acrobates pour capter l'attention de son père.

Seules sa mère et Jalila traitaient Omar comme une personne à part entière. En parcourant la foule des yeux, il s'étonna de voir sa sœur en compagnie de Delphi.

Delphi… qui s'était éclipsée quand Hamdan avait demandé à lui parler en privé. Depuis, il s'était efforcé d'oublier la présence de son épouse, de ne pas la regarder, mais ne l'avait jamais réellement perdue de vue.

À présent, il pouvait la contempler à loisir. La voir sourire et rire avec Jalila lui réchauffa le cœur. Que toutes deux s'entendent aussi bien lui faisait plaisir. Il ressentait en revanche une pointe de jalousie à l'égard de sa sœur qui était parvenue à un résultat que lui-même n'avait atteint qu'en plusieurs semaines.

Prenant conscience du silence qui s'était installé autour de lui, Omar se retourna et vit que ses deux frères aînés le contemplaient avec amusement.

Mohammad lui flanqua un coup de poing amical dans les côtes.

— Dis-le-nous si on t'ennuie, petit frère !

— Pas du tout…, commença Omar avant d'être interrompu.

— Vas-y ! lui lança Hamdan. Va donc retrouver ta ravissante épouse. Nous pouvons nous débrouiller sans toi.

Bien sûr qu'ils n'avaient pas besoin de lui, songea-t-il en se frayant un passage dans la foule. Toute sa vie, il s'était senti inutile et dépourvu d'intérêt. Petit garçon, il poursuivait ses frères aînés en criant « attendez-moi ! » ou tirait la manche de son père dans le vain espoir de capter son attention.

C'était la raison pour laquelle il avait voulu faire carrière loin de sa famille. Ici, le nom Al-Majid lui aurait ouvert toutes les portes et valu automatiquement un poste de haut rang. Mais il avait besoin de plus. D'une réussite obtenue de ses propres mains, d'un succès qui aurait forcé l'admiration de sa famille et plus encore celle de son père.

Il fixa son attention sur sa femme et sentit son cœur se serrer. Vêtue de cette robe, Delphi cochait toutes les cases, et plus encore. Dans cette salle remplie de femmes riches et belles, pourvues de bijoux extravagants, c'était elle qui resplendissait le plus.

Retenant son souffle, il détailla son épouse. Les paillettes incrustées dans le bustier et le tulle vaporeux de la jupe apportaient beaucoup d'élégance à sa tenue, mais Omar voyait bien au-delà des apparences. Sans même en avoir conscience et sans chercher à en tirer le moindre avantage, Delphi avait hérité de ses parents, Ianthe et Dylan, la faculté d'illuminer une pièce par sa seule présence.

Dans un monde où les gens se battaient bec et ongles pour obtenir quinze minutes de gloire, elle demeurait une énigme. Alors que la célébrité lui était assurée, elle avait toujours fui les projecteurs. Sa seule force résidait dans sa vulnérabilité.

Et vulnérable, elle l'était plus que jamais. Même à cet instant précis, alors qu'elle était vêtue comme une déesse, il percevait son trouble intérieur. Extérieur aussi, constata-t-il en voyant Jalila serrer ses mains entre les siennes.

— Vous avez l'air de bien vous entendre, toutes les deux, dit-il à leur intention quand il les eut rejointes.

— Enfin ! s'écria Jalila en embrassant son frère sur les deux joues. Tu aurais pu venir me saluer plus tôt.

— J'ai essayé, mais tu étais avec Khalid.

— Tu l'as rencontré ?

Comme Omar secouait la tête, Jalila lui adressa un sourire lumineux.

— Tant mieux ! Je vais aller le chercher. Restez là, tous les deux, d'accord ? S'il vous plaît, ne bougez pas.

Sur ces mots, elle tourna les talons et disparut à toute vitesse.

À ses côtés, il sentit Delphi se raidir.

— Elle devrait revenir vite, lui dit-il.

— Pas de problème. Ça ne me dérange pas d'attendre. J'aime bien Jalila.

À nouveau, il sentit son cœur se serrer en voyant le sourire timide que lui adressait Delphi. Si semblable à celui qu'elle lui avait offert le jour de leur toute première rencontre. Et il avait envie d'y répondre comme il l'avait fait alors. À quoi bon puisque tout était terminé entre eux ?

— Tu es ravissante, au fait, dit-il soudain. J'aurais aimé t'adresser ce compliment plus tôt, mais j'étais en colère.

Étais ? songea-t-il avec un léger froncement de sourcils. Sa colère l'avait-elle déserté ? Agacé, il chassa cette pensée dérangeante.

— Ce que j'essaie de dire, c'est que j'apprécie l'effort d'habillement que tu as fourni. Je sais que tu n'aimes pas trop ça. Alors merci.

— Ah… je craignais d'en avoir fait un peu trop.

— Voilà au moins un détail dont tu n'as pas besoin de te préoccuper.

Leurs yeux se soudèrent, puis Omar ajouta :

— Il ne te reste plus qu'à supporter la présence de ton mari arrogant et égoïste.

— Tu ne l'as pas toujours été, répliqua-t-elle avec le plus grand sérieux.

L'air autour d'eux devint soudain électrique.

— Tu le penses vraiment ? demanda-t-il d'un ton très bas.

Alors qu'il attendait ardemment une réponse, Jalila se matérialisa soudain à ses côtés, avec un bébé dans les bras.

— Désolée de vous avoir faussé compagnie aussi longtemps. Fahad le montrait à toutes ses taties, mais il faut qu'il se couche maintenant, sinon il ne fermera pas l'œil de la nuit. Je tenais toutefois à te le présenter.

Le cœur d'Omar se mit à battre un peu plus vite quand sa sœur installa le bébé au creux de son bras.

— Khalid, voici ton oncle Omar. Omar, je te présente ton neveu.

— Il est très beau, Lila, dit Omar avec douceur tout en plongeant le regard dans les grands yeux bruns du bébé.

— En fait, je trouve qu'il te ressemble. Baba le pense aussi. Il a même demandé à tante Maryam de ressortir une photo de toi au même âge.

Chassant le plaisir que lui procuraient ces propos, Omar demanda :

— Quel âge a-t-il ?

— Six semaines. En parlant de photos…

Jalila se tourna vers le photographe qui les avait rejoints.

— S'il vous plaît, pourriez-vous prendre un cliché de mon frère avec le bébé ?

Au moment où le flash crépita, Omar aperçut le visage de Delphi. Elle ressemblait à une biche prise dans le faisceau des phares, le regard éperdu et le cœur battant à tout rompre. Les deux mains plaquées sur son ventre, elle paraissait tendue à l'extrême. Une attitude qui ne manqua pas de l'intriguer.

— Merci, dit-il au photographe tout en le congédiant d'un signe de tête.

— Oh ! super ! s'exclama Jalila en apercevant un serveur chargé de boissons.

Elle se pencha pour attraper un verre de jus d'orange qu'elle engloutit d'un trait avant de dire :

— Khalid est tellement goulu que j'ai soif tout le temps. Voulez-vous un verre, Delphi ? Ou une coupe de champagne, si vous préférez. Sincèrement, personne n'y trouvera à redire.

— Non, merci.

Le ton sec utilisé par Delphi surprit Omar, qui releva les yeux du bébé pour l'observer. Jusqu'ici, elle s'entendait visiblement à merveille avec sa sœur. Pourquoi ce changement d'attitude ? De son côté, Jalila semblait ne rien avoir remarqué.

— Vraiment, Delphi, permettez que je…

— J'ai dit non, répliqua la jeune femme encore plus sèchement. Je ne veux pas de champagne ni aucune autre boisson. J'ai seulement besoin d'air.

Sur ces mots, elle recula de quelques pas et tourna les talons. Derrière elle, un magicien faisait apparaître une colombe dans un mouchoir. Distrait par cette vision, Omar perdit Delphi des yeux. C'est alors qu'une pensée des plus dérangeantes lui traversa l'esprit.

— Delphi ! cria-t-il.

Mais empêtré par le bébé qu'il tenait dans ses bras, il ne pouvait pas se précipiter à sa suite.

Les yeux brillants de larmes, Jalila posa une main sur son épaule.

— Je suis désolée…

— Ne t'inquiète pas. Elle est encore sous le coup de l'accident. Tiens, prends Khalid. Tout ira bien.

— Elle avait l'air si pâle.

Omar lui adressa un sourire pour la réconforter, puis se fraya un passage dans la foule tout en cherchant Delphi des yeux.

Alors qu'il empruntait un couloir vide, un éclair doré attira son attention.

— Delphi !

Telle Cendrillon quittant prestement le bal, elle avait relevé les pans de sa jupe et courait à perdre haleine. Mais aucune femme chaussée de hauts talons ne pouvait rivaliser de vitesse avec un homme. Surtout un homme qui, comme lui, voulait obtenir une réponse à la question qui lui brûlait les lèvres.

Alors qu'ils atteignaient le jardin, Omar lui agrippa le bras.

— Lâche-moi !

Il resserra sa prise autour de son poignet.

— Pas avant que tu m'aies avoué la vérité. Es-tu enceinte ?

Delphi se débattit, mais finit par renoncer. Omar lui souleva le menton pour planter son regard dans le sien.

— Réponds !

Elle le regarda avec de grands yeux effrayés.

— Non, je ne suis pas enceinte. Mais je l'ai été… J'ai fait une fausse couche.

5.

Rendu muet par cet aveu, Omar contempla le visage de celle qui, six semaines auparavant, vivait encore avec lui. Toute la colère qui l'habitait depuis son départ précipité l'avait déserté au profit de…

Rien.

Aucune réponse, aucune réaction.

C'était comme si les mots prononcés par Delphi l'avaient anéanti. Il flottait dans un univers parallèle. Plus rien n'avait de consistance.

Il percevait le bruit d'un océan déchaîné comme s'il avait appliqué un coquillage sur chacune de ses oreilles.

De toute évidence, il était sous le choc. D'où son incapacité à prononcer le moindre mot. C'était la raison pour laquelle, malgré la chaleur ambiante, il se sentait glacé jusqu'aux os.

Un choc succédant à un autre choc. Il l'avait d'abord crue enceinte. Tout dans son comportement le lui avait suggéré : la tension qui s'était emparée d'elle quand il avait pris Khalid dans ses bras, son refus de boire de l'alcool, ses mains plaquées sur son ventre.

Sauf qu'il s'était trompé sur toute la ligne.

Son regard se porta sur Delphi dans sa robe scintillante, sa main agrippée au tissu de la jupe, les lèvres entrouvertes, le souffle court.

Elle avait connu une grossesse puis avait perdu le bébé. Pas le bébé, se corrigea-t-il, *leur* bébé – *son* bébé.

— Tu as été enceinte…

Il ignorait les raisons qui le poussaient à exprimer cet état de fait à haute voix. Delphi hocha la tête, le regard fixe et brillant, mais derrière le calme apparent qu'elle affichait, il percevait une tension extrême.

— Tu as perdu le bébé. *Notre* bébé.

Depuis l'intérieur de la maison, il percevait le bruit de verres qui tintaient, le brouhaha assourdi des conversations. Tout paraissait tranquille, rassurant, alors qu'une vérité intolérable venait de lui être révélée.

Delphi hocha la tête à nouveau, mais cette fois, il vit qu'elle relâchait sa robe et laissait tomber ses bras le long de son corps. Un petit geste qui l'émut profondément, c'est pourquoi il prit ses mains entre les siennes. Le moment était-il venu pour elle de baisser la garde ? De partager sa peine avec lui ?

Pendant un long moment, elle demeura immobile, puis un gémissement franchit ses lèvres et elle vint se blottir contre lui.

Il l'entourait tendrement de ses bras quand soudain il sentit qu'elle le repoussait.

— Non ! protesta-t-elle en levant le menton. Ne me touche pas. Je n'ai pas besoin de ton réconfort.

Il la fixa durement tandis qu'une vague de colère le submergeait, aussi brûlante que de la lave en fusion.

Elle n'avait pas besoin de son réconfort et, pire encore, ne lui en offrait aucun en retour, alors qu'une grenade venait de pulvériser tout ce qui faisait sa vie.

Le souffle court, il peinait à se remettre du choc provoqué à la fois par le rejet qu'il venait de subir et par la perte du bébé qui aurait fait de lui un père.

Il bloqua sa respiration dans l'espoir d'apaiser la douleur qui s'était insinuée sous ses côtes. Autrefois, quand Delphi se réfugiait derrière son armure, il en souffrait, mais savait que les défenses qu'elle avait érigées autour d'elle résultaient d'un passé douloureux, d'une époque où elle avait accordé sa confiance, laquelle avait été bafouée. C'était la raison pour laquelle elle baissait rarement sa garde et refusait de laisser quiconque l'atteindre, pas même lui.

Mais là, il s'agissait d'une situation différente. Une situation qui les affectait tous les deux, pas seulement elle, ses sentiments, ses besoins, ses désirs, son passé. Il était tout aussi impliqué qu'elle. Comment avait-elle pu lui cacher un tel secret ?

Il repensa au bref moment où elle s'était rapprochée de lui, où il l'avait serrée dans ses bras. Durant ces quelques secondes, sa colère l'avait déserté. Sa douleur aussi. Il avait simplement ressenti le bonheur de retrouver sa femme. Sa Delphi.

Le cœur serré dans un étau, les poumons en feu, il prenait conscience pour la première fois de son erreur. Jamais Delphi ne lui avait appartenu. Il n'avait jamais su qui elle était vraiment.

J'ai fait une fausse couche.

Ces mots tournaient en boucle dans son esprit. Il avait le regard fixé sur une femme dont il ignorait tout, une étrangère.

— Quand est-ce arrivé ?

Il y eut un bref silence.

— C'était à Londres.

Une fois de plus, il accusa le choc. Comment était-ce possible ? Le jour où Delphi s'était rendue sur les tombes de ses parents à Londres, Omar ne l'avait pas accompagnée. À son retour, il l'avait embrassée, lui avait présenté à nouveau des excuses pour son absence et lui avait demandé comment s'était passée la visite au cimetière. Elle lui avait alors appris qu'en raison de la présence de paparazzis elle avait renoncé à se rendre sur les tombes.

À aucun moment, elle n'avait évoqué la fausse couche.

— Et tu n'as pas songé à m'en informer ? Je ne savais même pas que tu étais enceinte.

Étais. Le passé.

La colère et la tristesse l'assaillirent à nouveau. Delphi s'était toujours montrée secrète, mais là, elle avait dépassé les limites.

— Enceinte de combien de semaines ?

— Huit, mais je ne m'en étais pas rendu compte. Il se passait tant de choses…

Huit semaines. Deux mois. Le bébé devait alors avoir la forme et la taille d'un haricot. Soudain, l'air se raréfia dans ses poumons. C'était ainsi que Jalila appelait le bébé dans son ventre quand elle était enceinte : *petit haricot.*

— Quand en as-tu pris conscience ?

— Au bout de sept semaines.

— Je suis ton mari, Delphi. Tu aurais dû me le dire.

Elle prit une inspiration avant de répondre :

— J'allais le faire.

— Tu *allais* le faire ? répéta-t-il en haussant les sourcils.

Il sentait encore la chaleur de Khalid, quand il l'avait tenu dans ses bras, et la douleur entre ses côtes s'intensifia en comprenant qu'il ne serrerait jamais son propre bébé contre lui.

Il s'écarta de Delphi. Il n'avait plus besoin de son réconfort, mais d'espace. S'il ne l'avait pas interrogée, aurait-il un jour eu connaissance de la perte de leur bébé ? Il apprenait sa courte existence aujourd'hui parce qu'il avait poussé Delphi dans ses derniers retranchements et forcée à avouer.

Que se serait-il passé s'il n'avait pas obligé sa femme à le suivre à Dubaï après avoir retrouvé sa trace ?

La réponse à cette question lui déchirait le cœur.

— Et je devrais te croire ? Non, inutile de répondre à cette question. De toute façon, tu te moques que je te croie ou non, n'est-ce pas ?

C'est à peine s'il reconnaissait sa propre voix, mais n'en avait cure. Delphi ne lui avait jamais rien dit de son plein gré de toute sa vie. Tout devait lui être arraché de force. Pourquoi en serait-il autrement aujourd'hui ?

Ses yeux, immenses, luisaient au clair de lune.

— Pas du tout… mais c'est compliqué.

Compliqué.

Il serra les dents. Elle venait de proférer une de ses remarques préférées quand elle se trouvait en difficulté. Mais cette fois, il ne s'en contenterait pas.

— Non, c'est simple, Delphi. Tu portais notre bébé et n'as pas jugé utile de me le dire. Ensuite, tu l'as perdu et, là encore, tu as gardé l'information secrète.

La clarté de ses propos sembla l'atteindre, mais elle ne broncha pas. Toute sa vie, Omar avait cherché à compter pour ses proches, surtout aux yeux de son père, mais il n'aurait jamais imaginé que sa femme le juge aussi peu digne d'intérêt. Elle n'avait pas daigné le tenir informé tout simplement parce qu'il ne représentait rien à ses yeux.

Il la vit reculer de quelques pas, les yeux rivés sur quelque chose qui se trouvait dans son champ de vision, derrière lui. Sans doute cherchait-elle une issue pour fuir.

— Écoute… J'imagine le choc que tu ressens, dit-elle d'un ton très bas.

En avait-il été de même pour elle ? Non pas la fausse couche, mais la grossesse ?

Il imagina Delphi alors qu'elle prenait connaissance du résultat du test de grossesse. Il voyait la confusion s'inscrire dans son regard, son incrédulité. Et ensuite, avait-elle éprouvé de la joie, du soulagement, de l'angoisse ?

Il n'en avait pas la moindre idée. Et ne pas le savoir lui infligeait une véritable torture. Mais il devait se rendre à l'évidence : il ignorait tout des pensées de sa femme. Avait-elle souhaité tomber enceinte ? Était-ce accidentel ? Alors qu'elle avait promis de l'aimer et de le chérir toute sa vie durant, elle avait toujours masqué ses sentiments et tenu son mari à distance.

— Ce choc, je n'aurais jamais dû y être confronté. Tu aurais pu me dire ce que tu traversais à l'époque.

— En fait, je ne pouvais pas… Parce que tu étais absent.

Pas là… pas assez mûr… pas prêt à assumer de telles responsabilités. Il avait déjà entendu ce genre de propos. Très souvent, même.

— Alors, tu as décidé de me punir en me révélant la vérité ici, chez mon père, à l'occasion de son anniversaire.

— Tu sais parfaitement que ce n'est pas vrai, que je ne ferais jamais une chose pareille.

Ses yeux brillaient de colère.

— Ah oui ? Je ne sais rien de toi. Tu m'as caché de nombreuses choses durant notre mariage… Tu m'as menti effrontément. J'ignore de quoi tu es capable.

— Peut-être que si tu avais davantage été présent, tu me connaîtrais mieux. Écoute, je n'ai rien choisi de tout ceci. C'est toi qui m'as poursuivie pour obtenir des réponses. Idem à l'hôpital et dans ce bar. C'est toi encore qui as décidé de me faire du chantage pour que je participe à cette fête.

— Ah bon ? ironisa-t-il. Je croyais pourtant que ta présence était due au fait que tu voulais te comporter comme il se doit.

— C'est vrai ! Je fais tout cela pour Rashid… pour ton père.

— Tu veux dire le grand-père de notre bébé qui n'a pas vu le jour ?

Pendant un court instant, il observa le visage pâle de Delphi, ses grands yeux tristes, mais elle préféra ne pas relever les propos qui venaient de lui être tenus. Levant le menton, elle voulut reprendre sa marche.

— Où crois-tu aller comme ça ? demanda Omar en tentant vainement de lui bloquer le passage. Tu ne partiras pas avant que nous ayons terminé cette conversation.

Mais elle l'ignorait, s'éloignait déjà, sans l'attendre.

Furieux d'essuyer un tel mépris, il la rattrapa en quatre enjambées, se posta devant elle et lui agrippa le poignet.

— J'en ai assez de te courir après, Delphi.

— Alors, cesse ! J'ai fait ce que tu m'as demandé. Je t'ai accompagné à Dubaï pour assister à l'anniversaire de ton père. C'est fini, maintenant.

— Pas du tout. Nous devons parler.

— Crois-tu vraiment que l'endroit et le moment s'y prêtent ?

Il jeta un regard vers un groupe d'invités qui se promenaient dans le jardin et admiraient les fontaines. Delphi n'avait pas tort, le lieu ne se prêtait pas à une conversation. Mais connaissant sa femme, aucun autre endroit ne conviendrait.

Il serra les poings en constatant que la musique devenait assourdissante, annonçant probablement les feux d'artifice. D'ici peu, le parc serait rempli de convives.

— Non, tu as raison, finit-il par admettre. Et tu t'es conformée à mes exigences. Alors peut-être pourrions-nous mettre fin à cette mascarade.

Pendant un court instant, il lui sembla apercevoir du soulagement dans les yeux de sa femme. Mais très vite, son expression redevint indéchiffrable. Avant qu'elle puisse s'y opposer, il lui prit le bras et l'entraîna sur le chemin.

— Mais… que fais-tu ? protesta-t-elle en tentant vainement de libérer son bras.

— Tu veux partir, eh bien, soit, nous partons.

Il fallait que tous deux s'éclipsent avant que les invités les entourent et surtout avant qu'il perde son sang-froid et laisse libre cours à sa fureur.

— La maison se trouve de l'autre côté ! N'allons-nous pas dire au revoir à tes parents ?

— Ils ne nous en voudront pas de leur avoir faussé compagnie.

— Cela ne m'ennuie pas de partir seule.

— Oh ! je sais, tu es une experte dans ce domaine.

— Je voulais juste dire que je pouvais rentrer seule à l'appartement.

À nouveau, une douleur dans sa poitrine.

— Tu crois pouvoir t'échapper ? Sauter dans un avion et laisser tout cela derrière toi ?

Ses yeux s'écarquillèrent à nouveau et le doute s'inscrivit dans son regard. Soudain, il dut fournir un effort surhumain pour garder ses distances. Elle était si proche. Un pas de plus et il pourrait l'embrasser, la serrer contre lui, réduire l'espace qui les séparait comme il avait si souvent tenté de le faire.

— Ce n'est pas ce que j'ai dit.

— Parfait.

Cette fois, elle ne lui échapperait pas tant qu'elle ne lui aurait pas fourni toutes les réponses à ses questions.

Il jeta un regard vers la vaste pelouse où était stationné un hélicoptère gardé par deux membres de l'équipe de sécurité de son père. Omar leur lança des instructions en arabe et les deux hommes ouvrirent les portières.

— Après toi, dit Omar en l'invitant à grimper à bord de l'appareil.

— Non, protesta Delphi, je ne suis pas d'accord.

— Tu n'as pas le choix. Toi et moi devons parler. Et pour cela, nous avons besoin d'un endroit privé et tranquille. Un endroit où nous pourrons discuter à bâtons rompus. Je te demande quelques heures de ta vie, c'est tout.

Le moment où il avait appris l'existence de la grossesse de sa femme lui revint en mémoire, ravivant sa fureur.

— Tu peux bien me les accorder, non ? insista-t-il.

Delphi le fixait, le visage pâle, les traits tendus.

— Je ne veux pas monter dans un hélicoptère avec toi sans savoir où nous allons.

— Pourtant, tu vas devoir me suivre. Mieux vaut que tu coopères.

— J'ai déjà coopéré.

— Exact. Mais j'ai encore besoin de toi.

Omar faillit renoncer à son projet tant les yeux de Delphi brillaient de colère et de désespoir. Puis il se souvint de la traîtrise dont cette femme s'était rendue coupable. Elle lui devait la vérité. Et cette fois, il l'obtiendrait.

Quand l'hélicoptère s'éleva dans le ciel, avec Omar aux commandes, Delphi sentit une vague de panique l'assaillir. L'odeur du cuir des sièges lui rappela soudain le ranch de son enfance et un vertige s'empara d'elle.

— Où allons-nous ? demanda-t-elle en se tournant vers lui.

— Dans un endroit niché au milieu de collines, à vingt minutes de vol, répondit-il sans même croiser son regard.

Que pouvait-elle répondre à cela ? Où ce périple allait-il les mener ? Qu'attendait-il de cette confrontation ? Elle craignait le pire.

Une vague de culpabilité l'assaillit. Quoi qu'en pense Omar, elle n'avait pas prévu de lui révéler sa fausse couche ce soir, au beau milieu d'une fête d'anniversaire. Mais quand Jalila les avait rejoints avec son bébé dans les bras, le souvenir du drame dont elle avait été victime était revenu la hanter. Et les murs qu'elle avait érigés autour de ses blessures intimes s'étaient fissurés.

Voir Omar serrer le petit corps de Khalid dans ses bras l'avait bouleversée. Leur bébé lui aurait-il ressemblé s'il avait vu le jour ? Incapable d'en supporter davantage, elle avait agi comme elle en avait l'habitude quand la peur et la détresse l'assaillaient.

Elle avait fui.

Quand Omar s'était lancé à sa poursuite, elle savait qu'il avait deviné et qu'il lui poserait la question tant redoutée.

La question à laquelle elle se refusait de répondre depuis presque sept semaines.

Elle se revoyait dans cette salle de bains anonyme, seule et terrifiée, en proie à des douleurs qui n'auguraient rien de bon. Plus tard, elle s'était murée dans le silence pour oublier le désespoir qui l'avait envahie lorsqu'elle avait perdu son bébé. Il avait fallu la rencontre de Jalila et de son enfant pour raviver la blessure. Alors quand Omar l'avait interrogée, elle avait exprimé à haute voix, pour la première fois, la phrase fatidique : « J'ai fait une fausse couche. »

S'entendre prononcer ces mots lui avait causé un choc terrible. Un choc qui, par ricochet, avait atteint Omar en plein cœur.

Fermant les yeux, Delphi s'adossa à son siège. Elle ne voulait pas s'attarder à la douleur qu'elle avait infligée à Omar, la sienne étant encore si profondément ancrée en elle.

Depuis des semaines, le souvenir de ce jour funeste menaçait de la dévaster, mais elle était parvenue à le garder enfoui en elle grâce à ses multiples occupations. Elle s'était réfugiée dans le travail aux écuries jusqu'à tomber d'épuisement.

Mais à présent, les vannes avaient cédé et tout lui revenait en mémoire.

Tout avait commencé par des crampes à l'estomac, qu'elle avait mises sur le compte de l'adrénaline. À son arrivée au cimetière, les douleurs s'étaient estompées, remplacées par l'euphorie de l'instant : enfin, elle avait réussi à faire ce voyage qu'elle appréhendait depuis si longtemps.

Elle avait souvent vu des photos des tombes de ses parents dans les magazines. Leurs sépultures étaient recouvertes de rouge à lèvres tout comme celles de Marylin Monroe et d'Oscar Wilde.

Les fans de ses parents les aimaient toujours, presque autant qu'elle, mais elle avait attendu longtemps avant d'envisager ce pèlerinage. Mais son euphorie avait été de courte durée. Alors qu'en pénétrant dans le cimetière, elle s'attendait à la présence de quelques fans nostalgiques, elle avait aperçu une horde de paparazzis postés à une courte distance, leurs appareils photo dirigés vers les tombes de ses parents…

Soudain, des éclairs surgirent derrière ses paupières. Quand elle ouvrit les yeux, de vives lumières l'aveuglèrent.

Les feux d'artifice crépitaient dans le ciel.

Le cœur battant la chamade, elle les regarda fleurir dans l'obscurité. Pourquoi, alors que son monde intérieur volait en éclats, fallait-il que le ciel explose en une myriade de couleurs ?

Si Omar avait remarqué les feux d'artifice, il n'en laissait rien paraître. Assis au poste de pilotage, il avait le regard fixé sur le panneau de contrôle devant lui et maniait les commandes avec calme et sérieux.

Le moment ne se prêtait pas à la discussion, Delphi le savait. La capacité de concentration dont il était doté figurait parmi les qualités qui l'avaient séduite autrefois. Quoi qu'il fasse, au volant d'une voiture, à cheval ou à bord d'un hélicoptère, il accordait toute son attention à la tâche qu'il effectuait.

Son cœur manqua soudain un battement. Autrefois, elle aussi avait bénéficié de la même attention. Jusqu'au mariage. Après, il s'était détourné d'elle, pensant sans doute en avoir assez fait. Comme si lui offrir son nom et une alliance suffisait à la combler. Toute la chaleur dont il l'entourait avait fini par s'évaporer, à mesure que le temps passait et que ses absences se répétaient.

Sauf au lit.

Quand ils se retrouvaient dans l'intimité de leur chambre, le feu qui les animait reprenait vie. C'était le seul endroit où elle n'avait jamais douté de leur attirance réciproque. Tels des danseurs, ils se mouvaient avec grâce, se donnaient l'un à l'autre à corps perdu. Delphi gardait un souvenir brûlant de leurs ballets sensuels, de leurs étreintes passionnées.

Mais à la fin, Delphi ne parvenait plus à se contenter de ces moments de pure exaltation des sens. Le sexe ne suffisait pas à rendre un mariage heureux.

— Nous sommes arrivés.

La voix d'Omar la tira de sa rêverie et elle ouvrit grand les yeux.

Arrivés où ? se demanda-t-elle dans un sursaut de panique. Quand Omar avait évoqué un endroit niché dans des collines, elle avait imaginé qu'ils atterriraient à peu de distance du centre-ville, dans une banlieue chic entourée de verdure. Elle ne s'attendait pas à ce décor de pics abrupts et dentelés, en pleine nature, loin de tout. Les seules lumières qui les entouraient provenaient de la lune et des étoiles. En face d'eux se dessinait le contour crénelé d'un bâtiment en pierre pâle.

— Tu as dit que nous irions dans les collines…

— Oui, je t'ai un peu dupée, je l'avoue. Je n'ai pas jugé utile de te dire la vérité.

L'allusion à son propre manque de sincérité ne manqua pas de toucher sa cible.

Un léger soubresaut agita l'hélicoptère. Ils venaient d'atterrir. Omar appuya sur un bouton et le silence emplit la cabine. D'un geste souple, il sauta de l'appareil et se présenta du côté passager pour aider Delphi à descendre.

— Je peux me débrouiller seule, marmonna celle-ci en ignorant la main tendue de son compagnon.

Elle vit alors son visage s'assombrir.

— Bien sûr, répliqua Omar. Tu n'as jamais eu besoin de moi.

Faux, songea Delphi. Alors qu'elle avait besoin de lui, il n'avait pas répondu à ses attentes, mais elle ne commettrait plus l'erreur d'espérer quoi que ce soit de lui.

Réprimant son envie de lui répondre vertement, elle descendit précautionneusement de l'appareil et jeta un regard sur la cour entourée de hauts murs où ils venaient de se poser.

— À qui appartient cet endroit ?

— J'en suis le propriétaire. C'était une forteresse autrefois. Mais pour l'heure, tu y seras chez toi.

Delphi secoua la tête.

— Mon chez-moi se trouve dans l'Idaho.

Un rictus amer se forma sur le visage d'Omar.

— Si tu le dis. Mais nous ne parlions pas plus dans l'Idaho qu'à New York. Peut-être serons-nous plus chanceux ici.

Sans attendre de réponse, il tourna les talons et Delphi le regarda s'éloigner, le cœur battant soudain à tout rompre. Puis, elle lui emboîta le pas pour le rejoindre à la porte de la bâtisse.

— C'est insensé, Omar. Les gens ne se comportent pas ainsi.

Ne voyait-il pas que ressasser le passé ne servait à rien, sauf à raviver d'anciennes blessures ?

Ils se rendaient à l'étage à présent et Delphi devait soulever sa jupe pour grimper les hautes marches.

— D'abord, je ne suis pas les gens, objecta Omar. Je suis ton mari. Il est normal de parler au sein d'un couple.

Une fois entré dans une chambre, il s'arrêta si brusquement qu'elle faillit le heurter. Puis, quand il se tourna pour lui faire face, elle perçut la frustration qui l'habitait.

— Peut-être que si tu t'étais montrée un peu plus sincère, un peu moins dissimulatrice, je n'aurais pas découvert par hasard une information qui me concernait au premier chef.

D'abord muette de stupeur, elle le fixa intensément, puis laissa libre cours à sa colère.

— C'est donc cela qui te contrarie. Tu ne te soucies pas de moi, ni de notre mariage, ni de la vérité. Ce qui t'ennuie, c'est de ne pas avoir eu le dernier mot, de ne pas avoir gardé le contrôle de la situation. En fait, tout tourne autour de toi.

La fureur dans le regard d'Omar faillit la projeter contre le mur.

— Non, Delphi, tu te trompes. Nous n'aurions jamais dû envisager le mariage, puisque tu m'acceptais à contrecœur dans ta vie.

Les mots la heurtèrent de plein fouet.

— N'inverse pas les rôles. C'est toi qui m'as abandonnée pour ton travail.

— Laisse mon travail en dehors de cela. Il n'est en aucun cas responsable de ta duplicité.

— C'est toi qui m'as trompée ! Tu m'as fait croire que nous formerions une équipe. Avant toi, je gérais ma vie seule et me débrouillais très bien. Mais tu voulais que je t'accorde ma confiance. Tu as tout mis en œuvre pour que je finisse par avoir besoin de toi. Mais cela n'a pas duré. Très vite, tu t'es mis à disparaître, à m'abandonner. Et la fois où je t'ai demandé de l'aide, tu m'as laissée tomber.

— Et je le regrette.

— Tu trouvais toujours de bonnes excuses.

— Peut-être, mais quand on est marié, on ne prend pas la fuite au moindre prétexte !

Delphi exhala un long soupir.

— Cette conversation ne mène à rien.

— Parce que tu déclares forfait.

— Pas question pour toi d'abandonner, n'est-ce pas ? Tu veux avoir le dernier mot. Quand quelque chose ou quelqu'un – moi en l'occurrence – te lance un défi, tu n'as qu'une idée en tête : l'emporter dans ce duel. Voilà pourquoi tu es venu me chercher à l'hôpital pour ensuite me conduire jusqu'ici. Mais tu perds ton temps et me fais perdre le mien, parce que je n'aurai plus jamais rien à te dire.

— Tu crois ? fit-il après un bref silence. *Jamais* me paraît un peu exagéré, même pour toi. Et si tu songes à t'enfuir, oublie cette idée. C'est impossible. À moins que tu ne te sentes capable de marcher vingt-huit heures dans les dunes pour gagner la ville.

Delphi sentait son cœur cogner dans sa cage thoracique.

— Un rêve comparé à une minute de plus en ta compagnie.

Il plissa les yeux, mais ne releva pas la remarque. Au contraire, il demeura parfaitement immobile. Incapable de supporter plus longtemps le silence qui les opposait, Delphi sortit de ses gonds.

— Va-t'en ! Sors ! Laisse-moi tranquille.

À nouveau, il la fixa un bref instant, puis avec un hochement de tête, pivota sur ses talons et quitta la pièce en refermant doucement la porte derrière lui.

Sans tourner la clé dans la serrure ; c'était inutile.

Soudain, comme si Delphi venait de courir un marathon, ses jambes se mirent à trembler et elle se laissa tomber sur le lit. Comme un automate, elle jeta un regard circulaire autour d'elle. De couleur claire, agrémentée de voilages en mousseline et d'un magnifique tapis persan, la chambre offrait un cadre chaleureux.

C'était une pièce magnifique.

Soudain, elle eut un frisson en se rappelant les propos d'Omar au sujet de cette bâtisse qui autrefois avait abrité une forteresse. Aujourd'hui, elle devenait une prison dorée… Delphi s'y retrouvait piégée, avec sa douleur, sa colère, son désespoir, en compagnie de l'homme qui la détestait presque autant qu'elle se détestait elle-même.

Après avoir quitté Delphi, Omar passa devant sa propre chambre sans s'y arrêter. Il ne voulait pas se coucher parce qu'il savait qu'il ne trouverait pas le sommeil. Il avait besoin d'air, d'espace…

Le souffle court, il grimpa les marches d'un escalier étroit qui menait sur une terrasse. Levant la tête vers le ciel, il se perdit dans la contemplation des étoiles.

L'incapacité dans laquelle il se trouvait de faire entendre raison à celle qui était encore sa femme le frustrait à l'extrême.

Que se serait-il passé si Delphi n'avait pas perdu leur enfant ?

Il se rappela soudain l'émotion qui s'était emparée de lui en serrant Khalid dans ses bras, puis l'image d'un autre bébé aux yeux noirs se substitua à celle de son neveu, lui arrachant une grimace de douleur. Il chassa cette vision insupportable pour se concentrer sur la manière dont Delphi l'avait tenu à l'écart du drame qu'elle avait traversé. Alors qu'elle aurait dû se confier à lui, elle s'était tue puis avait fui.

Levant les yeux vers la lune qui ne lui apportait aucun réconfort, il marmonna :

— Merci pour ton aide.

Mais il ne pouvait guère en vouloir à la lune. Delphi portait toute la responsabilité de son mal-être. Il gagnerait le combat qui l'opposait à cette femme. Puisque son peuple était parvenu à dominer une nature hostile pour ériger une des plus belles villes du monde, il parviendrait lui aussi à dompter sa femme.

Un peu plus calme, il retourna à l'étage inférieur. Aucun bruit ne perturbait le silence environnant. Mais au moment où il passait devant la porte de la chambre occupée par Delphi, il lui sembla percevoir un léger frémissement, tel le son du sable soufflant dans les dunes.

Ce devait être le vent.

Il se rappela soudain la tranquillité de l'air nocturne et sentit ses muscles se contracter.

Ce n'était pas le vent.

Lentement, sans bruit, il ouvrit la porte. Sur le lit, toujours vêtue de sa belle robe, Delphi gémissait doucement dans son sommeil. Son visage exprimait une profonde détresse et elle serrait le drap entre ses doigts crispés.

6.

« Trois... Quatre... Cinq... »

Delphi traversait le ranch en courant. Elle se sentait heureuse, libre et excitée. Jouer à cache-cache figurait parmi ses occupations préférées.

Ed débusquerait probablement Scott en premier, car le deuxième enfant de la fratrie ne prenait jamais la peine de se cacher convenablement. Will se débrouillait bien, mais Delphi le surpassait.

Elle était aussi la plus petite.

Sauf qu'elle avait grandi depuis... Son regard se porta confusément sur sa robe brodée avec du fil d'or. Quand cela s'était-il produit ?

« Six... Sept... Huit... »

Elle sentit ses poils se hérisser sur sa nuque tandis que la voix de son frère devenait de plus en plus lointaine. Autour d'elle, les murs se désagrégeaient, le feu dans les cheminées s'éteignait et devant elle s'étendait un cimetière envahi par la végétation. Elle se trouvait à présent debout devant une pierre tombale recouverte de rouge à lèvres.

Le cœur battant à tout rompre, elle refoula un cri et s'enfuit à reculons tout en jetant des regards éperdus dans toutes les directions. Alors qu'il faisait un froid terrible, elle avait l'impression de brûler de l'intérieur. D'autres voix lui parvenaient à présent de toutes parts, différentes, inconnues, de plus en plus fortes à mesure que les secondes s'égrenaient. Des voix dures, agressives, dangereuses, et elle comprit qu'elle devait fuir.

Cours, se dit-elle, aussi vite que tu le peux.

Sauf que ce n'était pas sa voix qui prononçait ces mots-là, mais celle de Dan.

« Neuf… Dix… J'arrive, je vais te trouver », chantonnait une autre voix toute proche à présent.

En pleurs, elle voulut s'enfuir. Ses jambes tremblaient et elle ne pouvait pas courir parce qu'elle portait Khalid dans ses bras.

Plongeant son regard dans celui de l'enfant, elle fut submergée par une vague de panique. Autour d'elle, la brume devenait de plus en plus épaisse, des éclairs de lumière lui obscurcissaient la vue.

« Ianthe, par ici… »

« De ce côté, Dylan… »

Les voix devenaient assourdissantes… une lumière aveuglante l'engloutissait.

Elle sentit ses mains s'ouvrir et le corps de Khalid glisser entre ses doigts, et elle poussa un cri…

— Delphi, Delphi, tout va bien.

Une autre voix, plus proche.

Elle ouvrit les yeux en grand et se redressa dans le lit, le souffle court, puis chercha Khalid du regard.

— Khalid… Khalid…, gémit-elle en tremblant de peur, jusqu'à ce qu'une main apaisante se pose sur son bras.

— Delphi, c'est bon, tu vas bien.

Omar se tenait penché au-dessus d'elle. Sa silhouette se découpait dans la clarté offerte par les rideaux à demi tirés. Après les éclairs aveuglants de son rêve, la douce obscurité environnante lui parut irréelle. Le cœur battant, elle se redressa davantage pour détailler le décor qui l'entourait, puis la mémoire lui revint.

— Que se passe-t-il ? croassa-t-elle, la gorge toujours serrée. Pourquoi es-tu ici ?

— Je passais devant ta chambre quand j'ai entendu du bruit. J'ai voulu vérifier que tu allais bien.

Bien ? Elle laissa échapper un gémissement étranglé. Elle avait perdu leur bébé, avait le cœur brisé et son mariage touchait à son terme. Elle doutait d'aller à nouveau *bien* dans les mois et années à venir.

— Ça va, mentit-elle.

En réalité, elle se sentait épuisée et glacée jusqu'aux os, à tel point qu'elle devait lutter pour ne pas trembler. Sans doute sa tenue légère y était-elle pour quelque chose.

— Tu n'avais pas l'air d'aller bien.

— Ce n'était rien, juste un rêve.

Les traits d'Omar entourés d'ombre lui permirent toutefois de lire le doute sur son visage. Et autre chose aussi... qui ressemblait à de l'inquiétude. Sans doute se leurrait-elle, car Omar n'éprouvait rien pour elle.

Le moment où il lui avait effleuré la main et où elle s'était réfugiée dans ses bras lui revint en mémoire. Elle aurait aimé que cet instant dure éternellement.

Mais elle devait bannir de telles pensées. Et lutter contre cette pulsion qui la poussait dans les bras de cet homme dont elle divorcerait bientôt.

— Un rêve qui ressemblait davantage à un cauchemar, corrigea-t-il.

Au souvenir de la brume et des tombes, ses mains se mirent à trembler et elle les posa à plat sur le matelas. Il y avait longtemps qu'elle n'avait pas fait ce cauchemar et en avait oublié les conséquences. Souvent, elle mettait des jours à s'en remettre.

— Ce n'est rien, insista-t-elle en s'efforçant d'employer un ton léger.

Mais contrairement à ce qu'elle prétendait, elle se sentait particulièrement affectée et vulnérable et aurait aimé se blottir dans les bras d'Omar pour y trouver du réconfort.

Sauf qu'elle ne pouvait pas se permettre un tel geste. Aussi fallait-il qu'il s'en aille.

— Je t'assure que je vais bien, reprit-elle devant son silence. Ne t'inquiète pas pour moi. Vraiment. Tu peux aller te coucher.

Il l'observa un long moment puis, sans un mot, pivota sur ses talons et quitta la chambre.

Sitôt qu'il eut disparu, elle exhala un long soupir. Puis se coucha en chien de fusil dans le lit pour réprimer les tremblements qui l'agitaient tout entière.

Un peu plus tôt, elle avait ouvert la fenêtre et songea que l'heure était venue de la refermer, mais elle craignait que ses jambes ne refusent de la porter. Alors, elle se recroquevilla encore un peu plus sur le lit.

Le départ d'Omar, au lieu de la soulager, lui donnait envie de pleurer toutes les larmes de son corps. Elle n'aurait pas dû le laisser partir. Elle aurait préféré qu'il reste près d'elle…

Des larmes emplirent ses yeux.

Non, c'était mieux ainsi.

Mais, si tel était le cas, pourquoi souffrait-elle autant de son absence ? Pourquoi sa présence la rassurait-elle à ce point ? Qu'espérait-elle obtenir ?

— Tiens, entendit-elle dans son dos.

Se redressant dans le lit, elle vit qu'Omar était revenu dans la chambre et lui tendait un verre contenant un liquide légèrement ambré. Sous son regard de braise, elle sentit sa respiration s'accélérer. Pourquoi produisait-il toujours autant d'effet sur elle ?

— C'est du cognac, dit-il. Plus tôt, tu disais ne pas avoir envie d'un verre, mais tu en as besoin maintenant.

Elle s'apprêtait à refuser, quand son regard se porta sur son visage. Dans l'obscurité, il lui paraissait plus jeune, plus doux. Voilà à quoi il devait ressembler autrefois.

Chassant cette pensée, elle prit le verre entre ses doigts.

— Merci.

D'ordinaire, elle ne buvait jamais de cognac, mais peut-être cette boisson forte la réchaufferait-elle.

— Tu trembles, reprit Omar en fronçant les sourcils.

Posant la main sur son épaule, il s'écria :

— Mais tu es gelée !

Les doigts brûlants d'Omar sur sa peau lui firent l'effet d'une caresse et elle eut envie de poser son visage sur sa main.

Réprimant l'envie de se jeter dans ses bras, elle quitta prestement le lit.

— Je ferais mieux de me changer.

Sur ces mots, elle se dirigea d'une démarche chancelante vers la salle de bains. Mais une fois la porte refermée sur elle, une fatigue intense se répandit dans ses membres. À tel point qu'elle mit un temps infini à se défaire de sa robe et de ses sandales. C'est alors qu'elle se rendit compte de sa méprise. Dans cette salle de bains, il n'y avait aucun vêtement de rechange.

Un coup retentit à la porte.

— Ceci pourrait-il t'être utile ?

Elle entrebâilla la porte et vit qu'Omar tenait une pile de vêtements dans ses mains. Des vêtements d'homme – lui appartenant probablement.

— La taille ne conviendra pas, mais au moins tu auras chaud.

En effet, elle dut rouler le bas du pantalon en coton qu'elle revêtit. Quant au T-shirt, il ressemblait davantage à une mini-robe, mais Delphi n'en avait cure, car enfin elle avait chaud.

Quand elle revint dans la chambre, ainsi attifée, Omar l'attendait, assis sur le lit. Il la regarda replier soigneusement la robe avant de la déposer sur le dossier d'un fauteuil. En se tournant vers lui, elle sentit son pouls s'accélérer.

Elle s'attendait à le retrouver dans la chambre, mais pas à ressentir un tel soulagement, comme si sa présence lui était devenue indispensable. À nouveau, l'envie de se blottir dans ses bras l'assaillit.

Mais elle ne pouvait guère s'autoriser un tel geste. La confiance qu'elle lui avait offerte autrefois avait été bafouée et elle ne supporterait pas de revivre une telle expérience.

En silence, elle gagna le lit et se réfugia sous les couvertures. D'ici peu, elle lui demanderait de la laisser seule. Pour l'heure, elle craignait encore que le cauchemar ne revienne la hanter.

— Termine ton cognac, lui dit Omar en lui tendant à nouveau le verre.

En s'en emparant, Delphi ressentit une sorte de décharge électrique en effleurant les doigts de son mari. Comment un geste aussi anodin pouvait-il la bouleverser de la sorte ?

La réponse à cette question la fit frémir et elle dut fournir un gros effort pour ne pas avaler son cognac d'un trait.

— Tu ne bois pas ? demanda-t-elle.

Il secoua la tête.

— Je n'en ai pas besoin. Ce n'est pas moi qui ai fait un cauchemar.

Ce n'était pas l'exacte vérité, songea Delphi en se remémorant le choc qu'il avait ressenti en apprenant la fausse couche dont elle avait été victime.

— Je suis désolée pour la fête, dit-elle. J'écrirai à tes parents pour leur expliquer que c'était ma faute si nous sommes partis tôt. Ils vont me détester, de toute façon… quand ils sauront. Toute ta famille me détestera.

Se sentant coupable, elle se rappela l'attitude chaleureuse de Jalila à son égard. La manière dont elle l'avait accueillie, dont elle avait serré ses mains entre les siennes. Toutes deux auraient pu devenir des amies, presque des sœurs.

— Pourquoi te détesteraient-ils ?

— Parce que je vais divorcer de leur fils, de leur frère… de leur oncle.

La vision de Khalid dans les bras d'Omar lui revint en

mémoire et elle fut à nouveau prise de tremblements qu'elle parvint à apaiser avec une gorgée de cognac. Le breuvage lui parut riche, complexe… somme toute assez semblable à l'homme qui le lui avait offert.

Pendant qu'elle se trouvait dans la salle de bains, Omar avait allumé une lampe de chevet qui diffusait une lumière douce dans la chambre, et elle voyait clairement les traits de son visage à présent. La fixité de son regard lui fit battre le cœur un peu plus vite.

— Tu as l'air fatigué, dit-elle en l'observant. Épuisé, même.

— Il s'est passé pas mal de choses ces derniers temps.

— Dans ton travail, j'imagine ? demanda-t-elle d'un ton empreint d'amertume.

— Pas seulement. L'organisation de la fête, partir à ta recherche.

Comme elle demeurait silencieuse, il poursuivit :

— Je ne sais pas ce qui m'a le plus affecté. Que j'apprenne ton hospitalisation à la suite d'un accident de voiture ou que j'apprenne ta grossesse et la perte du bébé.

Delphi ressentit une vague de culpabilité. La douleur inscrite dans les yeux d'Omar la bouleversait.

— Ensuite, quand je t'ai entendue gémir…

Incapable d'en dire davantage, il s'interrompit et se leva du lit pour gagner la fenêtre.

Les yeux rivés dans le lointain, il semblait perdu dans ses pensées. Delphi contempla son magnifique profil. Elle ne savait pas que faire, que dire… D'ordinaire, c'était elle qui se repliait sur elle-même. Plus Omar lui posait de questions, plus elle se murait dans le silence. Mais là, pour la première fois de sa vie, elle avait envie de rompre cette habitude.

— C'était un mauvais rêve, voilà tout. L'un de ceux que je faisais quand j'étais plus jeune.

Il tourna la tête vers elle.

— Après l'accident, tu veux dire ?

Elle hocha lentement la tête.

— Oui, mais les cauchemars n'ont pas commencé tout de suite. Six mois après environ. Apparemment, les jeunes enfants qui perdent un parent connaissent ce genre de phénomène. C'est du moins ce que m'avait expliqué le psychologue à l'époque. D'après lui, c'était une étape incontournable du deuil.

Ses jambes se remirent à trembler, mais elle se força à poursuivre.

— Au moment du coucher, j'étais souvent prise de panique. Dan a tout essayé pour m'aider. Une veilleuse allumée toute la nuit, les verres de lait chaud. Mais rien ne fonctionnait. J'ai fini par me calmer quand il s'est mis à dormir par terre à côté de mon lit.

Comme un chien fidèle. Elle revoyait le visage de Dan. Calme en apparence, rassurant. Mais sous le sourire apaisant qu'il affichait se lisait une fatigue intense. Brisé par le chagrin, il mettait tout en œuvre pour la rendre heureuse même si elle n'était pas sa fille.

— Toutes les nuits, il restait près de moi, ajouta-t-elle. Pendant une année entière, je crois, le même rêve est venu me hanter.

Il y eut un nouveau silence.

— Différent de celui de cette nuit ?

Il avait parlé d'une voix si basse que Delphi aurait pu ne pas entendre la question.

— Comment cela ?

Il hésita, comme si ce qui allait suivre lui paraissait difficile à énoncer.

— Tu as crié le nom de Khalid. Or, tu l'as rencontré pour la première fois ce soir. Ton cauchemar devait donc être différent.

Delphi réfléchit un court instant avant de reprendre la parole.

— Il commençait toujours de la même manière. Je joue

à cache-cache avec mes frères. C'était mon jeu préféré. Je trouvais toujours les meilleures cachettes.

Elle s'attendait à un sarcasme de la part d'Omar, mais n'en subit aucun.

— Je suis dans le ranch, puis la maison s'effrite autour de moi et la brume m'engloutit… Il fait froid et soudain je me rends compte que je me trouve dans un cimetière. Je n'entends plus Ed compter, mais d'autres voix me parviennent aux oreilles. La brume se lève, remplacée par une lumière aveuglante provenant des flashs des appareils photo des journalistes qui campaient autrefois devant la demeure de mes parents…

Le regard rivé sur Delphi, Omar avait le cœur serré devant cette forme fragile, tremblante, si vulnérable. À tel point qu'il luttait contre l'envie de la prendre dans ses bras et de la serrer contre lui jusqu'à ce que sa douleur s'apaise.

Elle n'avait jamais évoqué les jours qui avaient suivi l'accident de ses parents et, même à cet instant précis, elle en parlait à travers un rêve récurrent. Mais il savait à quel point elle craignait les paparazzis et qu'elle avait déployé des efforts pour se tenir à l'écart de leur curiosité malsaine.

Une vague de colère le saisit. Il détestait l'idée qu'elle soit encore une proie pour ces journalistes sans scrupule. Même si cela ne survenait que dans le cadre d'un cauchemar.

— Que se passe-t-il ensuite ?

— Je me mets à courir.

Il sentit son cœur se serrer à nouveau.

Delphi n'avait jamais cessé de courir depuis ses quatre ans. D'abord pour fuir les paparazzis, son passé douloureux, par crainte d'être blessée. Puis elle l'avait fui, lui, et leur mariage en ruine.

— J'essaie de courir, mais n'y arrive pas parce que je porte Khalid dans mes bras et que j'ai peur de trébucher.

Omar la contempla fixement, le cœur battant. Quand elle se trouvait dans la salle de bains, il avait allumé une lampe de chevet afin de la rassurer. Mais la faible lueur s'était évaporée, engloutie par le souvenir triste de son passé.

Il vit ses lèvres trembler quand elle ajouta :

— C'est alors que la brume devient plus dense. Je ne vois plus mes mains. Je ne les sens plus, elles s'ouvrent et Khalid glisse entre mes doigts. Je le lâche et…

Un faible gémissement s'échappa de ses lèvres et elle porta la main, non à sa bouche, mais à son ventre, le même geste qu'elle avait ébauché un peu plus tôt dans la soirée. Cette fois, c'en fut trop pour Omar qui se précipita à son chevet et l'entoura de ses bras.

La tête sur son épaule, elle sanglotait, mais il ne chercha pas à apaiser son chagrin. Il savait qu'elle pleurait un autre bébé, un bébé qu'elle ne serrerait jamais contre son cœur.

Il attendait ce moment depuis si longtemps. Qu'elle se confie… qu'elle ait besoin de lui, de lui uniquement. Enfin il obtenait ce qu'il désirait, mais n'en éprouvait aucune satisfaction, aucun sentiment de triomphe. Au contraire, une sourde colère contre lui-même l'animait. Quel genre d'homme pouvait souhaiter que sa femme ressente un tel désespoir ?

Les yeux brûlants, il lui caressa les cheveux en murmurant des mots apaisants en arabe, semblables à ceux que sa mère employait quand il tombait et se blessait au genou ou quand son père les avait quittés un beau matin sans même leur dire au revoir.

Ému par les tremblements qui l'agitaient, il l'aida à se rallonger dans le lit puis s'étendit contre elle.

— Tu n'as rien à te reprocher au sujet de notre bébé, Delphi. Si tu avais pu le retenir en toi, tu aurais tout mis en œuvre pour aller au bout de ta grossesse.

Elle secoua doucement la tête.

— Je n'aurais jamais dû retourner en Angleterre.

Il sentait la tension qui l'habitait, les efforts qu'elle déployait pour rester calme. Il s'était étonné de ce voyage, sachant que l'Angleterre ne représentait que de mauvais souvenirs pour elle, et pas seulement parce que son enfance y avait pris fin. Après la mort de ses parents, les sœurs de Dylan Wright avaient essayé d'obtenir la garde de leur nièce, en arguant du fait que, contrairement à Dan, un même sang coulait dans leurs veines. Dan l'avait emporté à l'issue d'une bataille acharnée. L'attention des médias s'était déchaînée autour de cette affaire, rendant la situation encore plus pénible. Puis quand des ragots sur Delphi avaient été colportés par des « sources proches de la famille », Dan s'était retranché dans son ranch pour la mettre à l'abri.

Dan, le mari trompé et père de substitution, avait bouleversé son monde pour que la fille de sa femme se sente en sécurité. Rien d'étonnant à ce que Delphi lui ait accordé sa confiance.

— D'après ton père, c'était une bonne idée, dit-il tranquillement.

— Comment le sais-tu ? s'étonna-t-elle.

— Je l'ai appelé quand je suis rentré de Sydney. Après que tu avais encore changé d'avis à propos de ce voyage. J'étais inquiet. Tu paraissais distraite, préoccupée. J'ai dit à Dan qu'à mon avis, mieux valait que tu renonces à ce périple, mais il m'a répondu que tu en avais besoin.

« *Elle a peur de ce qu'elle va trouver là-bas, de ce qu'elle va ressentir*, lui avait expliqué Dan. *Et quand elle a peur, elle repousse les gens et fuit les situations. Cela fait trop longtemps qu'elle repousse son passé.* » L'homme vieillissant avait ajouté avec tristesse : « *Je veux l'aider, mais je ne peux pas… parce que je représente une partie du problème, une partie de son passé. Mais vous… vous représentez l'avenir pour elle. Alors, accompagnez-la, aidez-la à affronter ses démons et faites en sorte qu'elle vive la vie qu'elle mérite.* »

Une vague de culpabilité l'assaillit. Parce qu'il ne l'avait pas accompagnée. Il n'avait pas voulu renoncer à son rendez-vous avec Bob Maclean.

— Je sais que Dan voulait que j'entreprenne ce voyage. Plusieurs fois, il a essayé de m'en convaincre. Une année, nous sommes même allés jusqu'à l'aéroport.

Omar garda un instant le silence avant de demander d'une voix un peu altérée :

— Qu'est-ce qui a fini par te convaincre ?

— Toi, dit-elle timidement en lui jetant un bref regard. Puis la grossesse. Je voulais vraiment te mettre au courant... mais tu te trouvais à Sydney. Je voulais te parler de vive voix, c'est pourquoi j'ai préféré attendre. Sauf que pendant tout ce temps, je continuais de penser à Londres. J'ai compris pourquoi. Je voulais annoncer la nouvelle à mes parents. J'avais envie que nous soyons tous ensemble. C'est alors que tout est allé de travers.

Il y eut un silence, puis Delphi poursuivit son récit.

— Tu m'as dit que tu ne pouvais pas m'accompagner. J'aurais dû t'informer de ma grossesse à ce moment-là, mais j'étais furieuse, alors je me suis tue. Pendant tout le voyage, j'ai vécu l'enfer et, quand je me suis rendue au cimetière, ce fut encore pire. J'ai d'abord cru que mes nerfs me jouaient des tours. J'étais si excitée...

Le ton employé par Delphi raviva de sombres souvenirs en lui. Ce mélange d'espoir et de tension qui l'habitait à cause de son père dont la vie était rythmée par les absences et les retours inopinés. Il se rappelait les jours et parfois les semaines durant lesquelles Rashid disparaissait pour gérer ses affaires ou visiter ses autres foyers.

Tout lui paraissait fragile. Sa vie ressemblait à un décor de théâtre où se jouaient des scènes improvisées. Sa mère était sans cesse sur le qui-vive, comme un acteur qui attend son tour dans les coulisses. Il se rappelait les heures passées à observer l'allée de la maison, comptant sur le retour de Rashid. Il était terrifié à l'idée qu'il ne revienne jamais ou pire encore que son regard traverse son plus jeune enfant sans le voir.

La honte le submergea. Il avait un père et une mère, lui, contrairement à Delphi.

— Tu as attendu si longtemps avant d'entreprendre ce voyage…, fit-il d'un ton très doux.

— Oui, mais n'importe quel jour aurait pu convenir. Ce n'était pas comme si je devais me conformer à un quelconque rituel. Jusque-là, je m'étais toujours débrouillée pour rater l'anniversaire de leur mort.

Ces mots lui firent l'effet d'un coup de poignard en plein cœur. Delphi avait perdu son bébé et ses parents le même jour… à des années d'intervalle.

— Tu ne pouvais pas deviner que les paparazzis seraient là.

— Le crois-tu vraiment ? Ils n'avaient jamais laissé mes parents tranquilles de leur vivant. Pourquoi en aurait-il été autrement après leur mort ?

Elle leva les yeux vers la fenêtre où apparaissaient les premières lueurs de l'aube. Un jour nouveau se levait, mais pas pour Delphi qui revoyait les heures sombres de cette date funeste.

— Les crampes ont commencé sur le chemin du retour. Une fois rentrée, je suis allée dans la salle de bains et c'est là que je me suis rendu compte que je saignais. J'aurais dû me rendre à l'hôpital, mais j'avais peur de bouger. J'ai cru que si je restais tranquille, les saignements cesseraient.

La main d'Omar se crispa sur les cheveux de Delphi. Il ne voulait pas imaginer la scène, la solitude qui avait dû être la sienne, les saignements, les douleurs, la peur… Les choses se seraient-elles passées différemment s'il avait été présent ? Probablement pas. Les fausses couches sont souvent inévitables.

Et alors ? En quoi cela le dédouanait-il ?

La question tournait en boucle dans son esprit. En sa

qualité de mari, son rôle exigeait qu'il la soutienne, or il avait préféré se concentrer sur ses affaires.

Il se remémora la réunion avec Maclean. Ou plutôt les réunions, car il y en avait eu plusieurs. Des heures et des heures passées à éplucher le contrat avec ses juristes alors qu'il souffrait du décalage horaire et du manque de Delphi.

Pour quel résultat ? Un nouveau réseau câblé en Australie.

S'il était resté auprès de sa femme, elle n'aurait pas traversé seule cette épreuve.

— Tu as fait ce qu'il fallait, lui dit-il d'un ton très doux.

Elle leva de grands yeux vers lui.

— Tu crois ? Je n'arrête pas de me torturer l'esprit, de m'interroger sur les options qui s'offraient à moi.

— Il ne faut pas. Les fausses couches surviennent pour toutes sortes de raisons.

Delphi secoua la tête.

— Je sais, mais j'avais acquis la certitude que tout se passerait bien. Toute ma vie, j'ai rencontré des difficultés. À l'école, avec mes amis, avec toi aussi. La situation me paraissait facile. J'étais simplement enceinte. Mais là, encore, je n'ai pas su gérer.

Dans l'ombre, son corps recroquevillé paraissait minuscule sous les draps.

— Je n'en peux plus de devoir me battre tout le temps… J'en ai assez.

La douleur contenue dans sa voix le toucha en plein cœur. Elle n'exprimait pas seulement le chagrin, mais aussi la défaite. Et finalement, il comprit que Delphi avait perdu plus que leur bébé à Londres. Le peu de confiance qui l'habitait l'avait complètement désertée.

Il l'entoura de ses bras, tandis qu'une vague de culpabilité le submergeait.

— Tu n'as plus à le faire, murmura-t-il contre sa tempe. Tu n'es pas seule, Delphi. Je suis là et n'ai pas l'intention de te laisser.

Il la serra dans ses bras et se mit à la bercer doucement tout en lui caressant les cheveux, frustré de manquer de mots pour exprimer ce qu'il ressentait.

Il ne savait pas combien de temps ils avaient passé dans les bras l'un de l'autre. Peut-être seraient-ils restés ainsi toute la nuit, mais au loin une chouette hulula, rompant le charme. Delphi s'était redressée, le regard hagard, comme si elle sortait d'une sorte de transe.

— Tu devrais aller te coucher et dormir un peu. Dieu seul sait l'heure qu'il est…

— Est-ce ce que tu désires ?

Il planta son regard de braise dans le sien et elle se sentit fléchir. Elle pensait que parler briserait les derniers liens qui les unissaient. Le contraire s'était produit…

— Veux-tu que je m'en aille ? insista Omar.

Elle lutta pour empêcher son corps de répondre à cette question, mais sa raison ne lui fut d'aucune aide.

— Je veux… je veux…

Incapable d'en dire davantage, elle déglutit péniblement. Le silence se fit autour d'eux. Le cœur battant à tout rompre, Delphi se sentait comme happée par l'aura que dégageait Omar, hypnotisée par ce regard intense qu'il portait sur elle.

— Je le veux aussi, dit-il d'une voix rauque.

Une minute s'écoula, puis une autre encore. Puis, il leva la main vers son visage et en dessina le contour avec ses doigts, s'attardant sur ses lèvres tremblantes.

Il était trop tard pour reculer. Delphi ne pouvait plus lutter contre l'attraction que son mari exerçait sur elle. Alors, elle leva la tête vers lui et posa ses lèvres sur les siennes. Plus rien n'existait sinon ce moment magique, tant redouté et espéré à la fois.

La main masculine glissa le long de son cou avant de se placer sur son épaule. Électrisée par ce contact, elle se lova tout contre lui et sentit son sexe en érection contre son ventre. Quand leur baiser prit fin, il posa une main sur son visage.

— Delphi… arrêtons cela, il le faut.

Elle ouvrit les yeux. L'euphorie du moment commençait à s'évaporer. Omar la contemplait avec le plus grand sérieux.

— Tu as fait preuve de beaucoup de courage. Laisse-moi prendre soin de toi, lui dit-il d'une voix très douce.

Sur ces mots, il s'écarta puis remonta les draps sur le corps de Delphi.

— Tu n'es plus seule, ajouta-t-il. Je vais rester près de toi. Dors maintenant.

Un peu plus tard, Delphi émergea de son sommeil. Elle avait chaud et se sentait en sécurité, comme autrefois, quand Dan veillait sur elle. Mais en ouvrant les yeux, ce ne fut pas Dan qu'elle aperçut dans le fauteuil au pied de son lit, mais Omar. La tête penchée sur le côté, il dormait paisiblement. Sur ses genoux reposait la robe qu'elle portait plus tôt. Longtemps, elle contempla son visage assoupi, savourant ce moment de paix.

Puis, petit à petit, ses paupières se firent lourdes et elle finit par fermer les yeux.

7.

Delphi recula dans la chambre sitôt après avoir ouvert les fenêtres, tant l'air extérieur lui parut suffocant. Elle s'était réveillée tard et il lui avait fallu quelques minutes avant de se rappeler l'endroit où elle se trouvait ainsi que les événements survenus après la fête. Le voyage jusqu'aux montagnes, l'affrontement avec Omar, l'étrange cauchemar dans lequel avaient figuré Khalid et ses parents, et enfin, la discussion autour de la fausse couche dont elle avait été victime.

Sa respiration s'accéléra à ce souvenir. Il s'agissait là d'une conversation qu'elle pensait ne jamais engager avec Omar. Comme de nombreuses autres par le passé, préférant refouler profondément en elle les sujets les plus douloureux.

Les yeux rivés sur les montagnes baignées de soleil, elle sentit des larmes perler à ses paupières. Elle n'avait plus pleuré depuis la perte de son bébé. Mais hier, des sanglots irrépressibles l'avaient agitée quand elle s'était lovée dans les bras d'Omar. Elle avait pleuré pour ses parents, son mariage, le bébé qu'elle ne serrerait jamais contre elle. Pour les échecs accumulés tout au long de sa vie.

Quand ses pleurs s'étaient taris, elle avait parlé, comme jamais elle ne l'avait fait auparavant.

Pas parce qu'elle en avait ressenti le besoin.

Parce que Omar l'avait écoutée.

Au lieu de chercher à lui arracher des réponses, de la pousser dans ses retranchements, il l'avait laissée venir à lui, avec une patience infinie, sans brusquer les choses. Pour la première fois, elle n'avait pas eu affaire à l'homme pressé qu'elle avait épousé autrefois, toujours entre deux avions où appelé à gérer d'innombrables urgences.

Il s'était montré sous un jour différent, plus tranquille, plus apaisé. Leurs échanges au départ décousus avaient donné lieu à une véritable confession, à un récit douloureux certes, mais nécessaire.

Après avoir relaté les circonstances qui avaient entouré la perte de leur bébé, Delphi avait laissé libre cours à son chagrin puis sombré dans le sommeil.

Un sommeil rempli de rêves.

Son regard glissa vers le fauteuil. Au cours de la nuit, dans son rêve, Omar avait dormi sur ce siège. Puis était venu la rejoindre dans le lit. Leurs corps s'étaient épousés avant de fusionner dans une étreinte torride. Baisers et caresses s'étaient enchaînés.

Mais ce n'était qu'un rêve.

Pourtant, il lui semblait encore savourer la chaleur du corps de son mari contre le sien, comme si le passé avait été effacé, comme s'ils partageaient une entente des plus parfaites. Elle avait découvert d'Omar des facettes inconnues. Il s'était abandonné, avait perdu le contrôle. Et Delphi avait senti les barrières derrière lesquelles elle se retranchait s'effriter. Puis le charme avait été rompu. C'était Omar qui avait fait cesser ce tourbillon effréné des sens qui risquait de les projeter dans un gouffre sans fin. Sans doute avait-il eu raison d'y mettre un terme.

Delphi contempla l'alliance qu'il lui avait offerte dans la voiture tandis qu'ils se rendaient à la fête et sentit soudain son cœur se serrer. Elle aurait tant aimé que son rêve se transforme en réalité…

Avisant le décor qui l'entourait, elle se rendit compte qu'une valise avait été déposée au pied du lit, sans doute livrée pendant qu'elle dormait. Elle l'ouvrit et en sortit la robe qu'elle avait portée dans l'Idaho. La revêtir à nouveau lui parut étrange. Se pouvait-il que seulement trois jours se soient écoulés depuis le barbecue du 4 Juillet ?

Cette question appelait une réponse des plus simples : un oui ou non suffisait. Une autre question lui paraissait en revanche bien plus compliquée à résoudre. Elle traitait de sa relation avec Omar. Des blessures qu'ils s'étaient infligées l'un l'autre. Tous deux regrettaient d'en être arrivés à un tel niveau d'incompréhension.

« Tu n'es pas seule, Delphi. Je suis là... »

Chassant la promesse contenue dans les mots prononcés par Omar, Delphi quitta la chambre pour gagner les pièces de vie. Elle n'avait aucune idée du chemin à emprunter. La veille au soir, il faisait sombre et elle ne reconnaissait rien du décor qui l'entourait. Elle avança dans un couloir avant de marquer un arrêt brusque et de s'appuyer au mur pour ne pas chanceler. Une porte entrouverte laissait deviner une chambre d'enfant meublée d'un berceau en bois sculpté.

Le cœur battant à tout rompre, elle pénétra dans la pièce. Une oasis vert pâle, avec des fleurs exotiques peintes à la main qui grimpaient jusqu'au plafond. Identiques à celles qui décoraient leur suite nuptiale à Maui. Elle jeta un regard circulaire sur la pièce et ses yeux s'arrêtèrent sur une photo de Las Vegas et sur une autre qui représentait des chevaux. Mais pas n'importe lesquels...

En se rapprochant, elle reconnut ses chevaux : Embla et Le pigeon.

Elle se retourna lentement, l'esprit en ébullition. La veille au soir, à travers les propos d'Omar, elle avait compris que ce fort figurait parmi ses acquisitions les plus récentes. Mais peut-être s'était-elle méprise. Depuis la lampe en forme de statue de la Liberté jusqu'aux caravanes et chameaux qui ornaient les stores, tous les détails du décor relataient une histoire connue d'eux seuls.

Les yeux brûlants, elle enfouit les doigts dans le dossier d'un sofa en velours pourpre.

Longtemps, elle avait souffert de ce qu'elle prenait pour de l'indifférence de la part d'Omar. Et voilà qu'elle découvrait qu'il n'en était rien. Il avait créé ce décor pour elle… et pour l'enfant qu'ils auraient un jour ensemble. Elle sentit ses défenses s'effriter encore un peu plus.

À mesure qu'elle avançait dans son exploration de la maison, elle ressentait une sorte d'apaisement, comme si cette habitation lui était familière, comme si elle avait été conçue pour qu'elle s'y sente à l'aise. Loin du style moderne de leur appartement new-yorkais, la bâtisse ressemblait au ranch de son enfance, avec ses immenses tapis délavés, ses murs en pierre apparente et ses canapés confortables recouverts de lin.

Dehors sur la terrasse, un petit déjeuner ou une sorte de brunch avait été servi sous une verrière immense. Delphi prit place à table. C'était la première fois depuis des semaines qu'elle ressentait l'envie de se restaurer. Pire encore, elle était affamée. Et ce n'était pas le seul changement. Elle respirait mieux que la veille. L'air des montagnes, sans doute.

La nourriture l'enchanta. Elle se régala de petits pains au safran, de raisins secs et de dattes.

Son regard admiratif embrassait le paysage qui l'entourait. Au loin, des hommes s'affairaient dans les champs, certainement des membres du personnel employé par Omar. Les montagnes qui la veille formaient des lignes indistinctes dans l'obscurité s'élançaient à présent, majestueuses, vers un ciel limpide. Le fort, quant à lui, reposait au milieu d'une oasis de verdure remplie de palmiers et de massifs de fleurs colorées.

Une oasis qui lui rappela aussitôt le décor de la chambre d'enfant découverte quelques minutes auparavant.

Delphi aurait pu demeurer assise sous cette verrière pendant des heures si un bruit familier ne l'avait alertée.

Le souffle court, elle quitta son siège pour se diriger vers l'endroit d'où provenaient ces sons. C'est alors qu'apparut devant elle une bâtisse munie d'une lourde porte en chêne donnant sur des écuries. Elle en repoussa les lourds battants et tomba en émerveillement devant les box des chevaux.

Elle s'approcha de celui qui se trouvait à sa gauche.

— Bonjour, toi, dit-elle en caressant le cheval le plus proche.

Enivrée par l'odeur de paille, de cuir et de sueur qui émanait du box, elle ferma les yeux et sourit de bonheur.

« Je pensais bien te trouver là », entendit-elle soudain dans son dos.

Omar se tenait à l'entrée des écuries, nonchalamment appuyé au chambranle de la porte. Vêtu d'un jean usé rentré dans des bottes, il portait un polo bleu et jaune à l'effigie des Howard Harriers, l'équipe de polo de son père.

Elle n'eut guère le loisir de s'interroger davantage sur cet étrange accoutrement qui pouvait s'expliquer de diverses manières, toutes plus inquiétantes les unes que les autres, car Omar choisit ce moment pour avancer vers elle et venir la rejoindre.

— Désolée, je n'aurais pas dû m'introduire ici.

— Je suis ravi que tu l'aies fait.

Se tournant vers la jument la plus proche, il dit :

— Elle s'appelle Alima, qui signifie sage.

Elle le regarda caresser le flanc de l'animal et sentit son pouls s'accélérer. Omar détenait un sens du toucher des plus exacerbés. Delphi gardait un souvenir bouillant des caresses qu'il lui prodiguait autrefois.

— Et… l'est-elle ? demanda-t-elle en détournant les yeux pour masquer son trouble. Sage, je veux dire ?

— Oui, mais elle est jeune aussi et n'accorde pas aisément sa confiance. Son ancien propriétaire ne l'a pas dressée convenablement. Il lui arrive de ruer pour éjecter sa monture et, quand elle n'atteint pas son but, elle prend la fuite.

Delphi étudia le visage d'Omar, se demandant s'il n'y avait pas un sens caché derrière ses paroles.

— C'est triste, remarqua-t-elle. Et que fait son actuel propriétaire pour remédier à cette situation ?

— Honnêtement ? questionna-t-il sans quitter son visage des yeux. Il galère un peu.

Ses yeux se plissèrent tandis qu'un léger sourire lui étirait les lèvres. Luttant contre l'envie de répondre à ce sourire, Delphi demanda :

— Y a-t-il une raison particulière à cela ?

— Je crois qu'elle a besoin d'une sensibilité et d'une délicatesse dont il est dépourvu.

Delphi sentit les pointes de ses seins se dresser sous sa robe quand Omar la frôla en passant devant elle pour agripper un licol suspendu à un crochet. Tous deux se tenaient trop près l'un de l'autre, lui rappelant le bref moment où ils s'étaient embrassés la nuit précédente.

— Quel âge a-t-elle ?

— Deux ans.

Delphi sentit sa gorge s'assécher en contemplant les mains masculines sur le museau d'Alima. L'odeur du cheval et du foin peinait à masquer la fragrance du parfum que portait Omar. Une senteur dont elle gardait un souvenir ardent.

Après avoir équipé Alima, Omar la conduisit dans le manège. Delphi remarqua à la démarche de la jument que celle-ci était un peu stressée.

— Aurais-tu des idées à me suggérer ? lui demanda Omar.

Alors qu'elle s'apprêtait à lui conseiller de faire appel à un thérapeute équin, elle s'entendit demander :

— Aurais-tu une paire de bottes à me prêter ?

Suivant les indications d'Omar, elle partit s'équiper sans quitter des yeux la jument dont elle percevait l'agitation à sa manière de se mouvoir. Son envie de quitter le fort l'avait désertée. À son retour dans le manège, elle prit la longe que lui tendait Omar et se mit au travail. Elle encouragea Alima à marcher au pas tout en lui parlant d'une voix douce et apaisante.

En regardant Delphi s'occuper du cheval, Omar sentit son cœur se serrer d'émotion. La veille au soir, pendant quelques heures, le temps s'était comme arrêté. Il avait eu l'impression que les sept semaines écoulées n'avaient jamais existé. Delphi s'était lovée dans ses bras, comme autrefois.

Il n'y avait que dans ces moments-là qu'il la sentait détendue et apaisée.

Et aussi quand ils faisaient l'amour…

Chassant cette pensée, comme il avait repoussé Delphi la nuit précédente, il se concentra sur ce qu'elle lui avait appris. Enfin, il avait obtenu les réponses à certaines questions qu'il se posait. Mais le prix à payer lui avait paru exorbitant. La tristesse de son regard, les tremblements de sa voix et de son corps l'avaient profondément peiné. Tout comme l'image obsédante de la fausse couche qu'elle avait dû endurer seule sur le sol froid de cette salle de bains londonienne.

Quand, à l'aube, il s'était installé dans le fauteuil, il avait ressenti une agitation qui ne lui était pas coutumière. Puisque Delphi dormait profondément, pourquoi n'avait-il pas rejoint sa propre chambre ?

Il jeta un regard vers celle qui ne quittait plus ses pensées et contempla la maîtrise dont elle faisait preuve avec la jument.

Parce qu'il n'en avait pas eu la force.

À l'idée de la quitter, de la laisser seule, une angoisse terrible l'avait étreint, c'est pourquoi il avait dû s'asseoir pour retrouver un peu de sérénité.

Mais pourquoi avait-il été saisi par une telle émotion ?

Leur relation arrivait à son terme. Bientôt, leur divorce serait prononcé. Ils ne partageaient plus rien.

Menteur, songea-t-il, et soudain, le souvenir du baiser échangé avec Delphi remonta à la surface. Son cœur se serra dans sa poitrine. Il s'agissait de bien plus qu'un baiser…

La nuit précédente, il avait été submergé par un désir d'une intensité douloureuse. Delphi semblait avoir ressenti la même chose que lui. Pourtant, malgré cette attirance réciproque, Omar avait préféré renoncer. La vulnérabilité de Delphi l'avait arrêté dans son élan. Il croyait à présent avoir commis une terrible erreur. Une occasion manquée…

Il contempla à nouveau la scène qui se déroulait dans le manège. Delphi portait cette fameuse robe, celle de l'Idaho, complétée par des bottes d'équitation. Avec ses cheveux courts ébouriffés, elle ne ressemblait pas à la femme parée d'or qui avait illuminé la salle de bal chez son père.

C'était comme si Omar avait demandé à une enfant de se déguiser en femme du monde. D'une certaine manière, Delphi était encore une enfant. Apeurée, désorientée, orpheline avant même de connaître la signification de ce mot, puis laissée dans un état terrifiant d'incertitude jusqu'à ce qu'une juge décide de son destin. Certes, Dan avait obtenu sa garde finalement, mais, tout comme pour Alima, le mal était fait. La jeune femme et la jument avaient vécu les mêmes traumatismes. À ceux-ci, pour Delphi, s'étaient ajoutés d'autres drames : la perte d'un bébé, un mariage détruit, un mari incapable de tenir ses promesses.

Le sexe aurait pu anesthésier les douleurs infligées, mais pas de manière définitive. C'était la raison pour laquelle Omar avait préféré mettre un terme à leur étreinte. Sans compter que l'idée qu'il puisse s'agir de la dernière qu'ils partageraient lui était insupportable.

— Je pense que son dernier propriétaire lui délivrait des messages contradictoires et la punissait quand elle se trompait, dit Delphi quand Omar se rapprocha de l'endroit où elle se tenait. Les jeunes chevaux ne supportent pas la confusion et peuvent paniquer, voire ruer, quand ils se sentent en danger.

— Penses-tu qu'elle puisse dépasser ce stade ? demanda Omar. Qu'elle puisse accorder un jour sa confiance ?

— Cela dépend de toi. Si ton comportement à son égard l'y encourage, elle baissera la garde.

Il y eut un silence, puis Omar reprit la parole d'un ton très bas.

— Et pour nous deux ? Pourrions-nous obtenir ce résultat ? Suivre son exemple ?

Comme la jument maintenue à l'arrêt donnait des signes d'impatience, Delphi lui caressa le flanc.

— Je ne sais pas, finit-elle par répondre.

— Moi oui, répliqua Omar en posant la main sur le cou du cheval. Quelque chose de spécial nous unit. On ne peut pas faire comme si cela n'existait pas.

— Quand deux êtres sont aussi différents que nous, le divorce s'impose, répondit-elle prudemment.

— J'ai compris beaucoup de choses ces derniers temps et je peux changer. J'ai déjà changé d'ailleurs, ou du moins essayé. C'est la raison pour laquelle j'ai acheté cet endroit.

Elle le contempla en silence et il fut pris soudain d'un accès de panique. La veille, il lui avait semblé entrevoir une lueur d'espoir, mais à présent le passé les recouvrait à nouveau d'une chape de plomb. Il fallait à tout prix que Delphi comprenne que les choses pouvaient changer, que lui aussi en était capable.

— Je venais ici avec mes frères aînés pour monter à cheval. Cela faisait un moment que je cherchais un endroit à acheter et quand j'ai revu cet endroit, j'ai su qu'il serait parfait.

À nouveau un silence, puis Delphi demanda :

— Parfait pour quoi ?

— Pour nous. Pour toi. Je voulais t'offrir un endroit où

nous pourrions séjourner tous les deux, avec pour seule compagnie les montagnes et le ciel.

Tous les deux et plus encore…

Après sa rencontre avec Delphi, il avait pour la première fois envisagé de fonder une famille.

— Je voulais te faire la surprise pour notre anniversaire de mariage, mais tu es partie. Je sais pourquoi maintenant. Mais à cette époque-là, pas du tout. J'ai compris que je n'étais pas assez présent à tes côtés. Je t'ai laissée tomber. Je me suis imaginé des choses.

— Quel genre de choses ?

— Je pensais obtenir aisément ta confiance. Je savais que tu avais été blessée par le passé, mais tu avais confiance en Dan et en tes frères. Pourquoi pas en moi ?

D'un geste très doux, il lui prit la main.

— J'ai appris de mes erreurs. J'ai opéré de mauvais choix, pris de mauvaises décisions, mais j'ai l'intention d'y remédier.

— Je suis tout aussi responsable que toi. J'avais peur de te laisser m'approcher de trop près, alors je t'ai repoussé.

— Je le méritais. Je ne suis pas étonné que tu m'aies quitté. Tu m'as terriblement manqué et, à partir de maintenant, je te promets de changer.

Soudain, le téléphone d'Omar retentit. Quand elle vit son expression en découvrant qui l'appelait, son cœur s'emballa.

— Qu'y a-t-il ?

— Il faut que je prenne cet appel, répliqua-t-il en lui lâchant la main. C'est mon père. Je lui ai demandé d'organiser une rencontre avec Ali al-Hadhri. Il a un rôle important au sein des médias dans tout le Moyen-Orient…

— Quand as-tu parlé à ton père ?

— Ce matin.

Le regard glacial de Delphi lui déchira le cœur.

— C'est à cela que tu pensais ce matin ? À un rendez-vous d'affaires ?

— Pas du tout. C'est mon père qui m'a appelé pour me suggérer cette réunion.

— Et tu n'as pas songé à lui dire que tu avais plus important à faire ? À savoir : me parler.

— Je n'ai pas le choix, Delphi. On ne plaisante pas avec des individus comme cet Ali al-Hadhri. Accorde-moi cinq minutes…

Sur ces mots, il se détourna, s'éloigna de quelques pas et prit l'appel qui, au lieu de cinq minutes, n'en prit que quatre.

Quand il eut raccroché, il rejoignit Delphi.

— Désolé, mais il fallait que je réponde.

— Comment peux-tu prétendre changer quoi que ce soit dans ton comportement ? Hier soir… cette nuit… j'y ai cru. Puis, quand tu m'as confié les raisons qui t'avaient poussé à acheter ce fort, j'ai ressenti une émotion folle à l'idée que… peut-être… un avenir était possible entre nous. Ensuite, tu as pris cet appel alors que…

— Il n'a duré que quatre minutes, Delphi, et c'était important.

— Plus important que notre mariage ? Il est vrai que, comparée à tes affaires, ma petite personne ne revêt pas beaucoup d'importance à tes yeux. Et rien de ce que je peux dire ou faire n'y changera rien. Tu ne lâcheras la bride qu'après avoir développé le plus grand empire des médias au monde. Et pourquoi pas de l'univers !

— Tu crois que je travaille pour atteindre ce but-là ? Pour un statut ? Pour du pouvoir ?

Elle se trompait sur toute la ligne. Omar œuvrait pour obtenir enfin la reconnaissance de son père, pour exister à ses yeux…

Alors, dis-lui la vérité !

Comme il s'y refusait, Delphi reprit la parole.

— Évidemment que je le crois ! Te retrouver en première position sur le podium, voilà ton ambition.

Omar s'efforça de répondre le plus calmement possible :

— J'essaie de sauver notre mariage, Delphi.

— Il n'y a plus rien à sauver. Tu l'as prouvé en répondant à cet appel.

— Tu ne peux pas renoncer à neuf... presque dix mois de mariage à cause d'une conversation téléphonique de quatre minutes, protesta Omar.

— Cela ne marche pas entre nous. Nous ne voulons pas les mêmes choses. Tu ne veux pas admettre notre échec parce que tu ne sais pas ce que cela signifie de ne pas être à la hauteur.

Ce propos le heurta de plein fouet, mais il préféra ne pas y accorder trop d'importance.

— Tu ne peux pas dire une chose pareille après ce que nous avons partagé la nuit dernière. Tu t'es confiée à moi, tu as pleuré, je t'ai réconfortée et, si je n'avais pas mis un terme à notre étreinte, nous aurions fait l'amour.

— Et alors ? Cela n'aurait rien changé. C'était chimique ou empreint de nostalgie, voilà tout.

Comme elle amorçait un pas de côté pour s'éloigner de lui, il l'agrippa par la taille et la serra contre lui. La sentant trembler entre ses bras, il demanda :

— Et cet effet que je produis sur toi ne veut-il rien dire ? As-tu déjà ressenti la même émotion dans les bras d'un autre homme ?

— Non, répondit-elle en se libérant, mais l'attirance entre deux personnes ne suffit pas.

— Nous partageons plus que cela. Nous aimons passer du temps ensemble...

Alors qu'elle allait répliquer, Omar la vit soudain écarquiller les yeux.

— Qu'y a-t-il ?

— Où sont passées les montagnes ?

Surpris, il jeta un regard autour de lui et sentit son estomac se contracter. Delphi avait raison : les montagnes avaient disparu, laissant place à un nuage immense de couleur rousse s'étendant jusqu'à l'horizon.

— C'est un *haboob*. Une tempête de sable.

Se tournant vers Delphi, il dit :

— Rentre vite Alima, ferme les portes de l'écurie et réfugie-toi à l'intérieur du fort.

Les yeux rivés sur le nuage qui semblait vouloir les absorber, Delphi obtempéra pendant qu'Omar aboyait des ordres à ses hommes.

Une fois la jument mise à l'abri, elle risqua un coup d'œil à l'extérieur et sentit son cœur s'emballer. Un décor apocalyptique s'étendait sous ses yeux. Un vent assourdissant soulevait des monceaux de débris et de poussière. Où était Omar ?

Après avoir refermé la porte des écuries, elle partit à sa recherche. Mais elle ne distinguait plus rien, vacillait sous les assauts du vent. Prise d'une quinte de toux, elle s'écroula sur le sol.

— Que fais-tu là ? cria Omar qui venait de se matérialiser à ses côtés et lui prenait le bras pour l'aider à se relever. Je t'avais dit de te mettre à l'abri. Rentre, maintenant !

— Et toi ? Qu'est-ce que tu vas faire ?

— Ne t'occupe pas de cela. Retourne dans le fort.

— Non, je veux rester avec les chevaux.

Renonçant à lui tenir tête, Omar la poussa dans l'écurie, mais alors qu'il allait ressortir, Delphi le retint par le bras.

— Reste avec moi.

Omar capitula devant son air obstiné et referma les portes de l'écurie derrière lui.

— Tes hommes sont-ils à l'abri ? demanda Delphi.

— Oui, ils sont habitués à ce genre de situation. Pourquoi ne t'es-tu pas abritée dans le fort ?

— Je voulais te retrouver.

— Je croyais que tu ne voulais plus me voir.

Comme des larmes perlaient à ses paupières, Omar l'attira dans ses bras. Ils échangèrent un long regard puis leurs lèvres s'unirent en un baiser fiévreux.

8.

Plaquée contre le mur de l'écurie, Delphi répondait ardemment aux baisers d'Omar. Elle gémit doucement lorsque les lèvres masculines vinrent se nicher dans son cou, là où son pouls battait follement. Tremblante, le corps moulé à celui de son mari, elle savourait chaque seconde de cette intimité si longtemps désirée et enfin retrouvée.

Un frisson d'anticipation la secoua quand elle sentit sa robe glisser sur ses épaules avant de tomber sur le sol. Omar, parfaitement immobile, contemplait son corps presque intégralement dénudé. Une émotion intense se lisait dans son regard. Elle l'entendit murmurer quelques mots en arabe. Sans en comprendre la signification, elle en perçut toutefois le sens. Lentement, elle se défit de ses bottes puis dégrafa son soutien-gorge et retira sa culotte. D'un geste souple, Omar la souleva dans ses bras, puis après avoir claqué la porte d'un box vide, la déposa délicatement dans la paille.

Delphi l'attira dans ses bras. Le désir intense qui l'animait la rendait folle d'impatience.

— Es-tu certaine de vouloir ceci ? souffla-t-il contre ses lèvres.

— Absolument.

Comme elle ébauchait le geste de déboutonner son pantalon, Omar la devança. Il se débarrassa de ses vêtements, les propulsa au sol, puis vint se coller tout contre Delphi. Des caresses de plus en plus appuyées se succédèrent, enflammant leurs sens survoltés. Delphi se glissa sous le corps d'Omar et enroula ses jambes autour de son bassin. Cambrée à l'extrême, elle s'offrait à lui. N'y tenant plus, Omar la pénétra lentement, profondément, puis se mit à onduler. Encouragé par les gémissements de plaisir de sa partenaire, il se mit à aller et venir en elle à un rythme endiablé jusqu'à ce que tous deux atteignent l'extase la plus absolue et se laissent retomber dans la paille, essoufflés.

— Je n'ai pas mis de protection, murmura Omar à son oreille.

— Tant pis, répondit-elle dans un souffle, sans prendre la peine de réfléchir aux implications de la folie que tous deux venaient de commettre.

Toute la tension qui l'habitait les jours précédents l'avait désertée et elle flottait dans un nuage de béatitude. Malgré la tempête qui faisait rage à l'extérieur, elle se sentait en sécurité, à sa place, heureuse, comme si le passé s'était effacé de sa mémoire. La même chose s'était produite à Las Vegas, lorsque Omar avait glissé une alliance à son doigt. Lorsqu'ils avaient emprunté les longs couloirs de l'hôtel main dans la main pour se rendre dans leur suite nuptiale. Elle avait cru alors au bonheur.

Et à cet instant précis, alors qu'ils se serraient dans les bras l'un de l'autre, elle avait envie de croire à nouveau en un avenir radieux.

Hélas, il s'agissait là d'un rêve irréalisable. Londres avait changé la donne. Son cœur se mit à battre plus vite tandis qu'elle reprenait pied dans la réalité. Les fantasmes et les rêves n'en faisaient pas partie. Ianthe et Dylan, à l'ère des réseaux sociaux, avaient représenté une version moderne de Roméo et Juliette. Des centaines d'articles avaient relaté leur relation orageuse, mais les fans avaient toujours cru en une idylle digne d'un conte de fées. Mais aucun prince charmant ou Belle au bois dormant n'avait figuré dans leur histoire.

Contrairement à ce que les adorateurs de ses parents

pensaient, les querelles qui les opposaient n'étaient pas guidées par la passion, mais plutôt par l'abus d'alcool et l'insécurité.

— À quoi penses-tu ? lui demanda soudain Omar.

— Oh… à rien, bredouilla-t-elle avant de plonger son regard dans le sien. Je rêvassais.

Une fois de plus, elle se trouvait dans l'incapacité d'exprimer ses pensées les plus secrètes. Contrairement à Omar qui, lui, savait toujours que dire et comment le dire. Une aisance qui l'avait séduite autrefois et qui lui avait permis de se livrer un peu plus, de le laisser envahir son intimité.

— As-tu envie de boire ou de manger quelque chose ? Je ne suis pas sûr d'avoir grand-chose à te proposer, mais il y a un réfrigérateur à l'entrée des écuries.

— Un peu d'eau me ferait plaisir. J'ai très soif, en fait.

— D'accord, répondit Omar avec un sourire avant de quitter le nid de paille qui avait abrité leurs étreintes.

Une désertion qu'elle ressentit comme une amputation, tant leurs corps imbriqués lui avaient donné l'impression de ne former qu'une seule et même entité.

À son retour, il lui tendit un verre d'eau, puis se rallongea près d'elle.

— Y a-t-il autre chose qui te ferait plaisir ?

Oui, eut-elle envie de répondre en imaginant les mains masculines lui prodiguer des caresses de plus en plus sensuelles.

Comme elle ne se prononçait pas, il lui adressa un regard plein d'inquiétude.

— Je ne t'ai pas fait mal, n'est-ce pas ?

— Pas du tout. Pourquoi dis-tu une chose pareille ?

— J'aurais dû m'assurer que tout allait bien pour toi depuis… la fausse couche. Je n'ai pas réfléchi…

Moi non plus, songea-t-elle en se rappelant que tous deux n'avaient pas jugé utile de se protéger.

— Tout va bien, tu ne m'as pas fait mal.

Au-dessus de leurs têtes, le sable semblait balayer le toit.

— C'est faux, finit par objecter Omar d'une voix un peu enrouée. Je t'ai blessée et le regrette profondément. Je suis vraiment désolé.

Elle l'observa avec le plus grand sérieux. Autrefois, quand il lui présentait des excuses, celles-ci étaient suivies d'un « mais ».

Elle demeura silencieuse le temps qu'il prononce le mot fatidique, mais celui-ci ne vint pas.

— Je suis désolé, répéta-t-il. Au lieu d'être là pour toi, je t'ai laissée tomber.

Un long silence s'ensuivit, rompu au bout de longues secondes par Delphi.

— J'aurais dû t'informer de ma grossesse.

Omar secoua la tête.

— Je ne parle pas seulement du bébé. La nuit dernière, quand je te regardais dormir, je n'arrêtais pas de penser à tous ces voyages d'affaires que j'ai entrepris. À toutes ces fois où je rentrais tard ou ne venais pas me coucher. Je n'ai jamais imaginé à quel point c'était difficile pour toi.

Delphi sentit sa gorge se serrer au souvenir de toutes ces longues soirées vides, de ces week-ends passés dans la solitude la plus absolue.

New York se trouvait à une heure seulement du ranch familial de Bedford, mais partir vivre en ville l'avait profondément affectée. Le cocon qui avait été son sanctuaire pendant de si longues années lui avait terriblement manqué.

— Au début, ça allait… mais à la longue, plus du tout.

Ses yeux de braise se plantèrent dans les siens.

— Je sais. Tu ne me croiras sans doute pas, mais t'abandonner aussi souvent ne figurait pas dans mes intentions. Je voulais prendre soin de toi. Je pensais être un bon mari, en dépit de mes longues et fréquentes absences. Je savais que tu souffrais de l'isolement, mais ignorais être la cause de ton mal-être.

— Je me sentais isolée, seule et j'avais peur.

— De moi ?

— Non, plutôt d'avoir pris la mauvaise décision.

Elle se remémora Vegas, l'émotion contenue dans la voix d'Omar quand il avait prononcé ses vœux, le bonheur qui l'avait envahie. L'indicible espoir qui l'avait habitée.

— Je pensais que notre union était ta priorité… que *je* serais ta priorité. Je l'ai cru jusqu'au mariage. Ensuite, tout a changé, lors de notre lune de miel. J'ai cru qu'une fois tes affaires conclues, tout reviendrait à la normale, mais ce n'est pas ainsi que les choses ont évolué. Tu travaillais ou voyageais tout le temps. Même lorsque tu étais là, tu étais occupé.

Elle avala péniblement sa salive avant de poursuivre :

— Après Londres, j'ai ressenti une immense fatigue. Je ne croyais plus en notre histoire. J'avais compris que je ne te suffisais pas, que nous n'étions plus sur la même longueur d'onde. Alors je suis partie.

Une larme perla à ses paupières.

— J'ai cru que tu viendrais me chercher, avoua-t-elle d'une voix tremblante.

Elle vit Omar fermer les yeux, puis prendre une profonde inspiration.

— De mon côté, j'étais sûr que tu reviendrais. Puis j'ai ressenti une vive colère. Je t'en voulais de ne pas t'être battue pour sauver notre mariage. J'ai décidé de te faire attendre. Je n'ai pas compris que tu avais lutté des mois avant de prendre la décision de me quitter. Comment aurais-je pu le faire puisque je n'étais pas là ? Je t'ai laissée tomber alors que tu avais besoin de moi.

— Hier, tu ne m'as pas abandonnée, objecta-t-elle. Je te croyais parti, mais tu es resté près de moi, n'est-ce pas ?

— Oui, j'ai entendu une chouette hululer et me suis levé pour fermer la fenêtre. Ensuite, j'ai dormi dans le fauteuil. Je ne pouvais pas te laisser seule. Je ne le voulais plus…

L'intensité de son regard la toucha profondément. Il serrait les poings et son visage avait pris une teinte blême. Le cœur battant à tout rompre, Delphi songea à tous ces choix et omissions qui les avaient conduits à cette sorte de mise au point.

Serait-elle capable de partir ?

La vraie question qui se posait était plutôt : ferait-elle mieux de partir ? Et la réponse n'avait pas changé. Parce qu'au fond d'elle-même, elle savait que son mari ne deviendrait jamais celui qu'elle espérait, qu'il ne répondrait jamais à ses besoins. Une seule chose les réunissait : une attirance mutuelle qui les poussait dans les bras l'un de l'autre. La tempête les avait piégés dans cette écurie où ils s'étaient donnés l'un à l'autre, poussés par un même désir ardent. Ce qu'ils partageaient n'était que pure alchimie, rien de plus. Autant l'admettre et accepter cette pulsion contre laquelle aucun d'entre eux ne pouvait lutter.

Levant les yeux au plafond, elle demanda :

— Combien de temps durera cette tempête ?

— Difficile à dire. Je pourrais aller jeter un œil dehors et voir ce qu'il en est.

— Rien ne presse. Nous avons un abri et de l'eau.

Doucement, elle leva la main vers son torse et dessina d'un doigt léger le contour de ses muscles pectoraux. Une étincelle brilla dans les yeux d'Omar.

— Tu penses que ce sera suffisant ?

— Oui, et nous trouverons de quoi nous occuper, dit-elle dans un souffle en lui tendant les lèvres.

Saisis par une même urgence, ils s'enlacèrent à nouveau et roulèrent dans la paille.

Demain, Delphi partirait. Mais d'abord, elle voulait vivre intensément l'instant présent, en plein cœur de cette tempête qui rugissait dehors et aussi en elle.

Nu sous la douche, Omar se frotta la tête pour en extraire les derniers résidus de shampoing. La tempête avait fait rage jusqu'à l'aube et le soleil avait dardé ses rayons de très bonne heure, ce qui leur avait permis, à Delphi et à lui, de se rhabiller en hâte et de regagner la maison avant l'arrivée du personnel.

Le souvenir de leurs étreintes torrides lui revint en mémoire et il sentit son sexe se durcir. Ils avaient fait l'amour plusieurs fois, animés par une passion dévorante, comme s'ils vivaient leur dernier jour sur cette terre dévastée par la tempête et voulaient profiter des ultimes instants qui leur étaient accordés.

Serrant les dents, il fit couler de l'eau froide sur son corps pour calmer ses ardeurs. Quelques heures auparavant, alors qu'il prenait possession de ce corps si désirable, il avait mesuré à quel point il s'était trompé sur celle qui avait accepté de devenir sa femme et sur le comportement qu'il avait adopté à son égard.

Alors qu'il pensait être un homme civilisé, un bon mari, un partenaire attentif, il avait très mal agi, de manière foncièrement égoïste.

Au lieu de lui apporter tout son soutien, il avait blessé Delphi si profondément qu'elle s'était repliée sur elle-même. Son passé la hantait, certes, mais Omar avait joué un rôle destructeur dans leur relation.

Delphi avait raison : son travail l'obsédait à tel point qu'il avait relégué son rôle auprès de sa femme au dernier plan. L'affront qu'il lui avait infligé en prenant l'appel de son père alors qu'elle et lui, pour la première fois depuis des lustres, s'ouvraient l'un à l'autre lui revint en mémoire. Après des mois de séparation, ils avaient trouvé le moyen de se parler honnêtement, sans retenue. Ils se tenaient la main… quand ce maudit téléphone avait sonné, rompant le charme de ce moment précieux qui scellait leurs retrouvailles.

Décidé à réparer toutes les erreurs qu'il avait commises,

il noua une serviette autour de ses hanches et revint dans la chambre. Delphi, qui avait pris sa douche en premier, portait encore un peignoir quand il la rejoignit. Il la trouva terriblement sexy avec ses cheveux humides et ses pieds nus.

— C'est incroyable, lui dit-elle en montrant du doigt le ciel bleu à travers la porte vitrée qui donnait sur le balcon, c'est comme si la tempête n'avait jamais existé.

En effet, le calme était revenu et plus rien ne s'opposait au départ de Delphi. Il fallait à tout prix trouver le moyen de la retenir.

— Et pourtant, nous avons essuyé une des plus terribles, observa Omar. Je ne parle pas seulement des éléments qui se sont déchaînés au-dessus de nos têtes. Je me réfère à notre mariage, aux torts qui sont les miens. Je me suis trompé sur toute la ligne. Je t'ai blessée, abandonnée aux pires moments et aujourd'hui je veux rattraper le temps perdu. Rien ne compte davantage à mes yeux que toi. Tu es ce que j'ai de plus précieux.

Près du lit, le téléphone d'Omar se mit à vibrer, mais il n'en tint pas compte.

Se rapprochant de l'endroit où Delphi se tenait, il plongea son regard dans le sien.

— Et si tu veux bien m'offrir une seconde chance, je te promets que tout sera différent, que je serai un homme différent. Laisse-moi te prouver que tu peux m'accorder ta confiance.

Cette fois, le téléphone se mit à sonner et tous deux tournèrent la tête vers l'appareil. Mais Omar n'allait pas commettre à nouveau l'erreur de différer cette conversation qui comptait énormément à ses yeux. Il voulait briser la tension qui régnait entre eux. Embrasser Delphi ne suffisait plus. Même si leur entente physique dépassait de loin tout ce qu'il avait connu par le passé, il savait désormais que le sexe ne pouvait pas leur servir de seul moyen de communication. Pour que leur mariage fonctionne, il fallait qu'ils se parlent.

Agrippant le téléphone, il l'éteignit et le jeta sur le lit.

— Tu n'avais pas besoin de faire cela, remarqua Delphi.

— Bien sûr que si ! Et j'aurais dû le faire bien avant. Aujourd'hui je veux te prouver que je peux changer. Je veux te montrer que notre mariage compte plus que tout. Reste avec moi, Delphi.

Comme elle secouait la tête, Omar se rapprocha davantage pour prendre son visage en coupe et l'obliger à le regarder.

— Mon cœur bat pour toi et pour toi seule, reprit-il d'une voix pleine d'émotion. Tu m'es aussi précieuse que l'air que je respire. Je sais que j'ai fait preuve d'égoïsme, même à cet instant précis en te demandant de rester. Mais je n'ai pas le choix. Parce que…

Parce que je t'aime…

Il la fixa intensément, le cœur battant à tout rompre. La phrase demeurée en suspens ne voulait pas franchir ses lèvres. Pourquoi ? Le choc de cette révélation le laissait sans voix. Car il avait toujours aimé Delphi, même lorsqu'elle l'avait quitté. Mais ce trop-plein d'amour risquait aujourd'hui de l'effrayer, c'est pourquoi il décida de peser ses mots.

— J'ai besoin de toi. Sans toi, rien ne compte.

— Bien sûr que si…

— Reste quelques semaines au moins. Je te dois toujours une lune de miel.

— Une lune de miel ?

— Je peux t'emmener où tu veux. Que dirais-tu de retourner à Maui ?

Elle se mordit la lèvre inférieure. Pouvait-elle accepter cette offre ? Le risque en valait-il la chandelle ? Pourquoi pas, après tout…

— Je ne veux rien de tout cela. Je veux qu'il s'agisse de nous, de nous deux seulement, sans distraction d'aucune sorte.

Omar hocha doucement la tête. Elle avait raison et tout

paraissait simple, mais il savait qu'il allait devoir marcher sur des œufs. Où qu'ils se trouvent ou se rendent, un simple coup de téléphone pouvait tout faire basculer.

— Je pourrais te montrer la ville. Pas les sites touristiques, plutôt *mon* Dubaï, l'endroit où j'ai grandi.

Delphi paraissait exténuée, mais une lueur de curiosité animait son regard.

— Cela me plairait, oui.

— Alors, c'est ce que nous ferons, dit-il d'une voix tremblante en se penchant pour effleurer ses lèvres.

— C'est juste un essai, Omar, d'accord ? Je ne peux… je ne veux rien te promettre.

— Je comprends. Tout ce que je souhaite, c'est une seconde chance.

Leurs yeux se soudèrent.

— Est-ce vraiment tout ?

Captivé par l'intensité de son regard et par la vue de ses seins qui se soulevaient au rythme de sa respiration, Omar avala péniblement sa salive, puis, n'y tenant plus, dénoua la ceinture du peignoir de Delphi. Ses mains se glissèrent sous la fine étoffe pour caresser cette peau si douce, si désirable.

Le peignoir glissa au sol, de même que la serviette autour des hanches d'Omar.

Une fois nus, leurs corps s'étreignirent et leurs souffles se mêlèrent. Fous de désir, ils se laissèrent tomber sur le lit où ils s'offrirent l'un à l'autre avec fougue et passion.

9.

Tournant la tête de côté, Delphi prit une profonde inspiration. L'air ici offrait des senteurs différentes de celles qu'elle avait humées dans les montagnes. Alors qu'ils découvraient en bateau la crique de Dubaï, connue ici sous le nom de Khor Dubaï, elle respirait à présent un mélange de sel et d'épices.

Deux jours s'étaient écoulés depuis que son mari et elle avaient quitté les écuries après avoir essuyé une terrible tempête. Ils en avaient traversé une autre, une fois réfugiés dans leur chambre, émotionnelle cette fois, en faisant l'amour encore et encore, jusqu'à tomber d'épuisement.

Pour être tout à fait honnête, Delphi n'avait pas cru son mari quand il avait promis de changer. Mais les accents de désespoir dans sa voix et les cernes sous ses yeux avaient toutefois réussi à la convaincre de rester et de lui offrir une dernière chance.

Perplexe, elle s'interrogeait sur ce qui l'avait conduite à prendre cette décision déraisonnable. Mais fuir n'était pas une bonne solution, elle le savait désormais et ne voulait pas commettre les mêmes erreurs qu'autrefois. Aujourd'hui, il lui semblait que quelque chose avait changé en elle. La prise de risque ne lui paraissait plus insurmontable et ses frayeurs s'étaient apaisées.

À présent, installée à bord d'un Abra, l'un de ces bateaux en bois qui transportaient les passagers d'un bout de la crique à l'autre, elle savourait chaque seconde de ce périple. Malgré les multiples activités qui se déroulaient sur les quais et sur la rivière, elle avait l'impression que son mari et elle étaient seuls au monde.

— À quoi penses-tu ? souffla Omar à son oreille.

— À rien de particulier. Cet endroit est fantastique, il y règne une activité incroyable.

Omar avait raison. Le Dubaï qu'elle découvrait ici différait complètement de celui dont elle avait eu un aperçu précédemment, avec ses gratte-ciel impressionnants et ses berlines rutilantes.

— Oui, et cette activité est incessante, elle se poursuit jour et nuit. Les gens qui vivent et travaillent ici ne s'arrêtent jamais.

— Où allons-nous maintenant ? demanda Delphi en débarquant sur la rive opposée de la crique, du côté de Deira.

— Au marché. Mais celui-ci n'a rien en commun avec celui de Bedford Hills.

Delphi sentit sa gorge se serrer. Omar venait d'évoquer un endroit où tous deux adoraient se rendre avant leur mariage. Une époque révolue qui lui paraissait plus lointaine qu'elle ne l'était réellement.

Main dans la main, ils se frayèrent un chemin dans la foule qui sillonnait les allées étroites du marché jusqu'à aboutir à une sorte de halle aux vêtements où régnait une grande effervescence.

Quand une commerçante interpella un client tout près d'eux, Delphi demanda :

— Quelle est cette langue ? De l'arabe ?

— Non, du urdu. La population étant composée de quatre-vingt-dix pour cent d'expatriés, on entend de tout ici. Tu t'y habitueras.

— Est-ce la raison pour laquelle tu es si doué en langues ?

Omar parut surpris par la question.

— Pas du tout. J'ai pris de nombreuses leçons, voilà tout.

— Tu as toujours visé la perfection.

Elle vit le visage d'Omar s'assombrir. Pendant un long moment, il demeura silencieux, puis reprit la parole.

— Mon père me poussait à étudier et j'y consacrais tous mes week-ends. C'est ainsi que j'ai appris l'allemand, le mandarin, l'espagnol et le français.

— Aurais-tu préféré t'amuser avec tes amis ?

— Évidemment ! J'aurais aimé jouer au football et au polo. Mais tout ce travail m'a permis de développer mon sens des affaires. On continue ?

Visiblement, Omar préférait mettre un terme à cette conversation qui semblait remuer en lui des souvenirs déplaisants.

Après la halle aux vêtements, ils se rendirent dans le souk. Omar avait raison : ce marché ne ressemblait pas à ceux qu'elle connaissait aux États-Unis.

— Nous sommes en plein cœur de ce qu'on appelait la route de la soie, expliqua Omar. Des marchandises provenant du monde entier se sont échangées ici durant des siècles.

Tandis qu'ils arpentaient les différentes allées, Delphi se retrouvait prise au piège du charme de cet homme fascinant. Elle aimait le son de sa voix, la force qui en émanait. Et, plus que tout, elle appréciait ce moment hors du temps, sans pression d'aucune sorte, qui lui permettait de découvrir de nouvelles facettes de son mari.

Quand ils s'arrêtèrent à un stand pour boire de l'eau de coco, Omar lui sourit et elle se sentit fondre comme neige au soleil.

— Je venais souvent ici avec Hamdan quand j'étais jeune. Il passait me chercher à l'école et le chauffeur nous déposait près du souk. J'avais oublié tout cela.

— Pourquoi Hamdan te récupérait-il à l'école ?

— Mon père a toujours beaucoup travaillé et quand il voyage, il aime que ses femmes l'accompagnent. Hamdan était déjà marié quand j'avais six ans et je séjournais souvent chez sa femme et lui.

Delphi le contempla attentivement, surprise par ce qu'elle venait d'entendre.

— Tu as dit « quand il voyage », mais aujourd'hui il ne le fait plus, n'est-ce pas ?

— Cela lui arrive encore… Que dirais-tu de visiter le marché aux épices ?

— Volontiers.

De toute évidence, Omar préférait changer de sujet. Sans doute parce que sa relation avec son père le chagrinait encore aujourd'hui.

L'immense marché aux épices se tenait à l'extérieur et, plus on s'en approchait, plus les allées qui y conduisaient regorgeaient de senteurs de toutes sortes. Partout, des sacs bombés contenant du romarin, des pétales de roses, des herbes aromatiques séchées. Avisant les montagnes d'épices disposées en forme de cônes sur les étals, Delphi s'en approcha pour les admirer et procéder à quelques achats.

Après leur promenade, ils décidèrent de déjeuner sur le front de mer où on les régala de mets aux saveurs exquises. Quand le café leur fut servi, Delphi contempla le beau visage de son mari, tourné vers la mer. Des paroles de Jalila lui revinrent en mémoire : *« Mon frère est riche et séduisant… mais tellement occupé par ses affaires que je craignais qu'il ne gâche sa vie en travaillant comme un forcené pour prouver sa valeur. »*

Pendant la fête, Delphi n'avait pas jugé utile de relever les propos que lui avait tenus la sœur d'Omar. Mais à présent, elle s'interrogeait sur le sens qu'ils revêtaient. Qu'est-ce que son mari pouvait bien avoir à prouver ? S'il le souhaitait, il pourrait arrêter de travailler et vivre dans le luxe jusqu'à la fin de ses jours. Et elle avait vu de ses propres yeux à quel point il était admiré et respecté.

— L'envie de gagner, tu l'as toujours eue en toi, n'est-ce pas ? osa Delphi pour mieux comprendre les motivations profondes de son mari.

Il y eut un long silence pesant.

— Oui et je l'ai encore aujourd'hui, mais il faut que cela cesse ou cela ruinera notre avenir.

Il posa sa main sur la sienne sur la table, puis ajouta :

— Ce désir a presque anéanti notre mariage, mais j'ai du mal à le contrôler.

— Pourquoi ?

— Oh… il m'habite depuis longtemps, depuis toujours en fait, avoua Omar avec un soupir. Seul, je pouvais consacrer toute mon énergie à la poursuite de mes objectifs, mais avec toi à mes côtés, j'aurais dû cesser cette course folle. J'étais profondément amoureux de toi et je savais que tu avais souffert. Te rendre la vie douce et apaiser tes souffrances figurait aussi parmi mes objectifs.

— Tu y es parvenu en partie, Omar, dit Delphi d'une voix très douce.

— Je t'ai fait du mal, aussi. J'ai cru que le fait de t'épouser suffirait comme preuve d'amour.

— N'importe quelle autre femme l'aurait interprété ainsi, mais j'avais tellement peur de l'abandon que je n'avais pas les idées claires.

— C'est normal. Enfant, tu as vécu des choses terrifiantes, qui ont affecté ta vision du monde.

— Oui, mais tu étais mon mari. J'aurais dû te parler, te faire part de mes ressentis et te demander de m'exprimer les tiens. Au lieu de cela, j'ai choisi la fuite pour me cacher et t'accabler de reproches.

— Je le méritais. Je n'ai pas tenu mes promesses. Je disais une chose et faisais tout le contraire. Je ne voulais pas qu'il en soit ainsi, mais pendant notre lune de miel mon père m'a appelé.

— Je m'en souviens.

— Et te rappelles-tu ce que je t'ai dit ? Qu'il s'agissait d'un marché important, d'une occasion unique ? Eh bien, je me trompais.

— Tu as peut-être commis une erreur, le rassura-t-elle en serrant sa main dans la sienne, mais ton père doit être très fier de toi, de la manière dont tu t'es toujours impliqué dans les affaires.

— Pas vraiment, c'est à peine s'il remarque mon existence. Pour être honnête, je ne suis pas le seul à compter aussi peu à ses yeux, mais c'est moi qui en souffre le plus.

La mine sombre d'Omar la touchait profondément.

— Parce que tu es le plus jeune ?

— Toutes mes actions avaient été entreprises seize fois avant moi. Quand nous vivions tous ensemble, j'avais l'impression que personne ne me voyait, ne m'entendait. Mes frères et sœurs, plus grands, plus bruyants et plus exubérants monopolisaient tout l'espace. J'avais l'impression d'être perdu au milieu d'une foule.

Des larmes perlèrent aux paupières de Delphi. Enfant, elle aurait adoré se rendre invisible. Pas aux yeux de Dan ou de ses frères, mais du reste du monde, des paparazzis et des fans avides de sensations.

— Savent-ils ce que tu ressens ?

— Jalila et Hamdan le comprennent. Mais ils n'ont pas vécu la même chose. Jalila appartient à une fratrie de sept et Hamdan de neuf. Quand mon père s'absentait pour affaires et séjournait dans ses autres foyers, ils n'en souffraient pas. De mon côté, je vivais seul avec ma mère, qui supportait très mal les absences de mon père. C'est pourquoi il lui arrivait souvent de l'accompagner dans ses voyages. Je me retrouvais tout seul. Pour rompre ma solitude, Hamdan me recueillait chez lui.

Elle sentit sa gorge se serrer. Les pièces du puzzle commençaient à s'assembler.

— C'est affreux…

— Pour être honnête, la situation s'avérait pire parfois quand il était là. Je brûlais d'envie d'attirer son attention, de susciter son intérêt. Je le suivais partout de peur qu'il ne s'en aille sans un au revoir, ce qu'il faisait la plupart du temps.

En s'enfuyant, Delphi avait ravivé en lui la douleur de l'abandon. Elle lui avait infligé une blessure dont elle comprenait mieux à présent l'importance. Obsédée par son propre passé, elle n'avait pas mesuré les conséquences de ses actes.

— Ne crois pas qu'il soit un mauvais père ou qu'il ne m'aime pas, reprit-il. Tout n'est pas sa faute. Il a quatre-vingt-dix ans et s'est enrichi bien avant que j'y parvienne à mon tour. Ce qui signifie qu'il occupe une place privilégiée. Seuls les chefs d'État et les rois le surpassent, mais la plupart du temps, on le traite comme s'il figurait parmi les plus hauts dignitaires de ce monde. Tout lui est dû et s'il ressent la moindre pointe d'ennui, il passe à autre chose.

— C'est la raison pour laquelle tu travailles aussi dur. Pour attirer l'attention de ton père.

Il hocha la tête.

— Il dirigeait un journal à l'université et adorait cela. Les circonstances l'ont conduit à se lancer dans l'immobilier et le transport, mais il a toujours eu un faible pour les médias. C'est sans doute la raison pour laquelle j'ai cherché à me professionnaliser dans ce domaine. J'ai travaillé un temps au *Crimson* quand j'étudiais à Harvard et quand l'occasion d'acquérir plusieurs radios locales à travers les États-Unis s'est présentée, je l'ai saisie. Et pour la première fois, j'ai vu une lueur d'intérêt dans le regard de mon père.

— Il t'offrait enfin une marque de reconnaissance.

Delphi songea à Dan, qui n'aurait jamais adopté le même genre de comportement que celui du père d'Omar à son égard. Il lui avait toujours porté une attention énorme, ses frères aussi, sans l'empêcher pour autant de développer sa propre personnalité.

— Oui, c'était fantastique. Je n'ai jamais pris de drogue, mais j'imagine que l'euphorie qu'elle procure ressemble à ce que j'ai ressenti. Et j'étais accro. Comme tu l'as dit, j'ai développé une obsession.

— Je ne te voyais pas comme cela quand nous nous sommes rencontrés. Nous ne parlions pas travail.

— Parce que notre rencontre a provoqué en moi une sorte de renaissance. Tout ce qui l'avait précédée ne comptait plus. J'étais fou de toi.

Il la contempla longuement avant d'ajouter :

— Avant toi, quand je rencontrais une femme, je savais qui elle était avant même qu'elle ouvre la bouche. Avec toi, j'avais l'impression de courir après un cerf-volant. Tu étais vive et imprévisible. Chaque instant passé avec toi m'insufflait une énergie folle.

Delphi était captivée par le regard que son mari portait sur elle. Pendant des semaines, elle avait enfoui les souvenirs qu'il relatait au fond de sa conscience, mais à présent ils la submergeaient comme une rivière sortant de son lit.

— Je ressentais la même chose. Quand tu es entré dans ma vie, j'ai eu l'impression que la tempête qui entourait mon existence jusque-là s'apaisait et que j'étais enfin en sécurité…

Omar porta la main de Delphi à sa bouche et y déposa un doux baiser.

— Je suis désolé de t'avoir fait souffrir. J'ai honte de mon comportement à ton égard. Tu as traversé de dures épreuves. De mon côté, je n'ai rien connu de tel, je n'avais pas le droit d'agir ainsi. Quand je t'ai rencontrée, je voulais être tout pour toi, mais je sentais que tu me cachais des choses. Dan m'avait conseillé de faire preuve de patience. Je ne l'ai pas écouté. Je t'ai tellement poussée dans tes retranchements que tu as fini par t'enfuir.

— Après Londres, j'ai eu tort de partir. J'aurais dû rester et te dire ce que je ressentais, que j'avais besoin de toi, que je t'aimais.

— Et maintenant ? Que ressens-tu maintenant ?

Des larmes se mirent à ruisseler sur son visage.

— Il n'y a rien de changé. Je t'aime toujours.

Plus encore que par le passé, car elle connaissait à présent l'homme qui lui faisait face.

— Moi aussi, je t'aime. À la folie.

Pendant un long moment, leurs regards demeurèrent rivés l'un à l'autre. Omar fut le premier à rompre le silence qui s'était installé entre eux.

— J'ai terriblement envie de t'embrasser, mais je cours le risque d'enfreindre les règles de la bienséance si je le fais en public…

— Peut-être vaut-il mieux que nous rentrions, alors.

Ils échangèrent un sourire complice.

— Il n'y a pas de *peut-être* !

Retrouvez prochainement, dans votre collection

AZUR

Secrétaire ou princesse, d'Emmy Grayson - N°4620

Enceinte. Clara peine à croire le résultat qui s'affiche en lettres de feu sur son test de grossesse. Quelques semaines plus tôt, elle a perdu la raison entre les bras d'Alaric Van Ambrose et voilà qu'elle doit en assumer les conséquences. Sauf que son amant d'une nuit n'est autre que son patron – un prince de surcroît ! Alors qu'elle se désespère de cette situation inattendue, Alaric lui fait une proposition aussi folle que séduisante : quitter son poste de secrétaire pour devenir sa princesse…

La trahison d'un Italien, d'Annie West - N°4621

Dans la suite nuptiale de l'hôtel le plus prestigieux de Rome, Ida rejoint le cœur battant son tout nouvel époux. Et dire que Cesare Brunetti l'a choisie, elle, parmi toutes ces aristocrates qui lui tournaient autour ! Troublée à la perspective de sa nuit de noces avec le sublime héritier, elle déchante quand ce dernier lui révèle tout le mépris qu'il a pour elle. Sans le savoir, Ida s'est unie à l'ennemi juré de sa famille. Et, pour échapper à une vie de souffrance, il ne lui reste plus qu'une option : fuir…

Scandaleuse nuit au palais, de Maya Blake - N°4622

Douze ans plus tôt, le cheikh Tahir a failli perdre son trône et son honneur pour une femme. Mais, alors qu'il a tout fait depuis pour l'oublier, voilà que se présente aujourd'hui devant lui Lauren Winchester. La belle a gardé le pouvoir de le troubler, comprend-il aussitôt, avant de se ressaisir. Si Lauren se trouve dans son palais, c'est pour lui demander son aide, or Tahir compte profiter de cet avantage pour clore enfin leur histoire au goût d'inachevé…

La mémoire des sens, de Rebecca Winters - N°4623

Luna est bouleversée. Son époux, le prince Rinieri Baldasseri, qu'elle croyait mort à la suite d'un tremblement de terre, est vivant ! Alors qu'elle émerge d'un long cauchemar, un nouveau coup vient la frapper de plein fouet : Rini l'a oubliée. Envolés, leurs moments complices, leurs nuits torrides… Incapable de renoncer à leur bonheur passé, Luna ramène Rini chez eux, au palais de San Vitano, avec l'espoir secret de raviver en lui la flamme de la passion pour que renaissent leurs souvenirs…

Un dangereux aveu, de Julia James - N°4624

« Si quelqu'un a une raison de s'opposer à cette union, qu'il parle maintenant ou se taise à jamais. » Les mots du prêtre résonnent dans l'église médiévale italienne, tandis qu'Ariana se lève pour interrompre la noce. Face à une assistance médusée, elle révèle alors attendre un enfant de Luca Farnese, le futur marié ! Le scandale est immédiat, retentissant, mais il paraît moins dangereux à Ariana que le regard noir de l'homme qui fut son amant avant d'être son ennemi…

Une alliance avec Gianni Renzetti, de Lynne Graham - N°4625

Leur alliance sauverait Josephine de la ruine, et son ami d'enfance du scandale. Doit-elle néanmoins accepter d'épouser ce dernier ? Certes, Gianni Renzetti lui permettrait de conserver le domaine familial de Ladymead, mais il n'est pas un homme pour elle. Depuis toujours, il conquiert le monde et les femmes, tandis qu'elle aspire à une vie calme et rangée. Hélas, Josephine est dans l'impasse. Comment pourrait-elle dire non à Gianni alors qu'il tient entre ses mains son avenir… et son cœur ?

La belle et le ténébreux, de Clare Connelly - N°4626

Depuis six ans, Thirio Skartos mène une vie de reclus, au sein de son château perdu dans les Alpes. Ainsi coupé du monde de débauche dans lequel il s'est perdu autrefois, il espère expier ses fautes. Jusqu'au jour où la tentation vient frapper à sa porte, sous les traits d'une délicate créature prénommée Lucinda. D'abord furieux d'être dérangé dans son antre, il ne peut s'empêcher d'être séduit par la belle. Au point de rompre son vœu de solitude pour explorer avec elle le désir qui les pousse l'un vers l'autre…

Le milliardaire sans limites, de Lucy King - N°4627

SÉRIE : *LES FILS PERDUS D'ARGENTINE* - 3/3

Il n'a aucune limite. Elle n'aura aucune échappatoire… Le milliardaire Max Kentala joue selon ses propres règles et ne laisse personne se mettre en travers de son chemin. Aussi est-il d'abord méfiant à l'égard de la détective privée qui débarque dans son existence pour lui révéler le mystère de ses origines. Pourtant, seul avec la tenace Alexandra Osborne aux Caraïbes, il sent le désir le gagner et sa raison fléchir. Et, bientôt, Max ne songe plus qu'à conquérir la belle intruse…

Le yacht de la passion, de Tara Pammi - N°4628

SÉRIE : *RELATIONS PRIVÉES* - 3/3

Après avoir fui un mariage forcé, Clare trouve refuge… sur un yacht. Comme si la situation pouvait être pire, elle découvre que le propriétaire du luxueux bateau n'est autre que Dev Kohli, le milliardaire avec lequel elle s'est abandonnée à la passion autrefois. À mesure qu'elle vogue à ses côtés vers une destination paradisiaque, Clare se demande si en échappant à son destin elle ne s'est pas exposée à un danger plus grand encore – celui de tomber amoureuse d'un homme avec qui elle n'a aucun avenir…

Liaison grecque, de Jennifer Faye - N°4629

Depuis leur rencontre, Adara et Krystof entretiennent une liaison torride – et sans engagement. Mais Adara finit par se lasser de ces rendez-vous trop brefs et met fin à leur histoire vouée à l'échec. Jusqu'à ce qu'elle retrouve Krystof sur une île privée grecque, pour y préparer avec lui le mariage de leurs meilleurs amis. Dans ce cadre enchanteur, les derniers vestiges de sa raison s'évanouissent pour laisser libre cours à une passion dévorante…

L'empreinte du désir, de Heidi Rice - N°4630

Xanthe est troublée : pour récupérer l'héritage qui lui permettra de sauver son entreprise, elle n'a d'autre choix que d'aller à la rencontre de Dane Redmond, son mari, et de lui faire signer une fois pour toutes les papiers de leur divorce… Si l'idée de revoir celui qui l'a brutalement quittée dix ans plus tôt ne l'effraie pas – ne s'est-elle pas affranchie de son joug, en devenant une femme d'affaires accomplie ? –, elle comprend pourtant, lorsqu'elle pénètre dans le majestueux bureau de Dane, que les choses ne seront pas si simples. Car, à la seconde où leurs regards se croisent, elle se sent chavirer de désir…